KB117112

가 벼 운   고 백

가벼운 고백

1판 1쇄 발행 2024. 7. 11
1판 3쇄 발행 2024. 8. 27.

지은이 김영민

발행인 박강휘
편집 김성태 이복규　디자인 홍세연　마케팅 정희윤　홍보 반재서
발행처 김영사
등록 1979년 5월 17일 (제406-2003-036호)
주소 경기도 파주시 문발로 197(문발동) 우편번호 10881
전화 마케팅부 031)955-3100, 편집부 031)955-3200 | 팩스 031)955-3111

저작권자 ⓒ 김영민, 2024
이 책은 저작권법에 의해 보호를 받는 저작물이므로
저자와 출판사의 허락 없이 내용의 일부를 인용하거나 발췌하는 것을 금합니다.

값은 뒤표지에 있습니다.
ISBN 978-89-349-2089-2 03810

홈페이지 www.gimmyoung.com　　블로그 blog.naver.com/gybook
인스타그램 instagram.com/gimmyoung　　이메일 bestbook@gimmyoung.com

좋은 독자가 좋은 책을 만듭니다.
김영사는 독자 여러분의 의견에 항상 귀 기울이고 있습니다.

가 벼 운 고 백

김
영
민

단
문
집

김영사

일러두기

- 《가벼운 고백》은 김영민 작가가 2007년 4월부터 2024년 6월까지 쓴 글을 선별해 엮은 것입니다. 모든 글의 작성 날짜는 각 글의 끝에 표기했습니다. 불분명한 날짜는 표기하지 않았습니다.

- 글맛을 살리기 위해 일부 표기와 맞춤법은 저자의 표현을 따랐습니다. 인명, 지명, 작품명 등의 외래어는 국립국어원 표기법을 따르되 몇몇 경우는 관용적 표현을 참고했습니다.

- 본문에서 언급하는 단행본이 국내에 출간된 경우 국역본 제목으로 표기했고, 출간되지 않은 경우 최대한 원서에 가깝게 번역하고 원제를 병기했습니다. 영화의 경우 전세계 최초 정식 개봉일을 밝혔습니다.

- 저작권 허락을 받지 못한 일부 인용 구절에 대해서는 추후 저작권이 확인되는 대로 절차에 따라 계약을 맺고 저작권료를 지불하겠습니다.

- 신간, 전시회, 답사, 강연, 북클럽, 특별 프로젝트 등 김영민 작가 관련 소식을 받고 싶은 독자분은 아래를 참고 바랍니다.

메일링 리스트　homobullahomobulla@gmail.com으로 자신의 이메일 주소를 보내주시면 김영민 작가 소식용 메일링 리스트에 가입됩니다.

인스타그램　kimyoungmin_photo_archive

성찰적 드립의 세계에 오신 것을

환영합니다

드립이 필요하다

우리에겐 드립이 필요하다. 우리를 둘러싼 단죄의 언어, 조롱의 언어, 막말의 언어, 폭로의 언어, 원한의 언어, 보복의 언어, 응징의 언어, 아집의 언어, 예언의 언어, 광기의 언어, 요란 떠는 언어, 점보트론의 언어, 선동만을 위한 언어, 책임을 최소화하는 언어, 번들거리는 언어, 석고대죄하는 척하는 언어, 호통치는 언어, 팬덤을 결집하는 언어, 선무당의 언어, 양심을 내세운 몰양심의 언어, 반성했다는 자격증을 얻기 위한 언어, 생각의 정지를 선언하는 언어, 작은 것은 무시하는 언어, 남 허물에 돋보기를 갖다 대는 언어, 남 상처에 꼬챙이를 집어넣는 언어, 사실과 추측을 한 그릇에 넣고 비비는 언어, 그 순간에만 절박한 호소의 언어, 이번에만 매출을 올리기 위한 선전의 언어, 사태를 직면하는 듯 회피하는 언어, 무작정 동원하기 위한 언어, 인간을 포획해야 할 대상으로 보는 언어, 찬성의 알고리듬을 주입하려는 언어, 단시간에 남의 환심을 사기 위한 언어, 상대의 전모를 속속들이 아는 척하는 언어, 지키려야 지킬 수 없는 공약의 언어, 억지로 이분법을 강요하는 언어, 너무 추상적이어서 와닿지 않는 선언의 언어, 기어이 상대를 감옥에 보내버리겠다는 다짐의 언어, 디톡스가 필요한 언어. 이 모든 언어에 굴복하지 않기 위해 드립이 필요하다.

가 벼 운 _ 고 백

드립이란 무엇인가

드립이란 무엇인가. 드립은 선전이 아니다. 오스트리아의 작가 로베르트 무질은 기념비만큼 눈에 보이지 않는 게 없다고 했는데, 우리는 이렇게 말할 수도 있다. 뻔뻔한 선전만큼 귀에 들리지 않는 것은 없다고. 유세차의 녹음기 소리처럼 귀에 들리지 않는 것은 없다고. 시끄럽게 안달복달하는 선전들은 작고 희미한 것을 듣는 능력을 무디게 한다는 점에서 그 자체로 파괴적이다. 그토록 크고 시끄러운 소리에 귀먹으면, 나직한 호소를 듣지 못한다. 드립은 시끄러운 선전 문구와 다르다. 잘 구사한 드립은 핸드드립처럼 수줍고 섬세하다.

드립은 '예, 아니오'가 아니다. 단답식으로 말해달라는 그 수많은 요구들, 랭킹을 매겨달라는 그 안이한 요구들, 숫자로 표시해달라는 그 기계적인 요구들, 개조식으로 써달라는 그 단조로운 요구들에 저항하자. 대답 없는 문제에 대답할 필요가 없고, 랭킹 없는 사안에 랭킹 매길 필요 없고, 계산할 수 없는 것을 수치화할 수 없고, 항목화할 수 없는 것들을 항목별로 나열할 수 없다. 단답과 억지 랭킹과 숫자와 항목에 저항하기 위해서는 드립이 필요하다.

드립은 고성방가가 아니다. 누군가 자기 의사를 관철하기 위해 큰 소리로 말하기 시작한다. 그러자 너도나도 앞다투어 크게 말하기 시작한다. 누구나 고함을 치기에, 결국 아무것도 제대로 들리지 않는 세계. 나직하게 말해서는 누구도 귀 기울이지 않고, 누구도 귀 기울이지 않기에, 앞다투어 소리 높여 말하고, 모두가 소리 높여 말하기에 아무 소리도 들리지 않고, 아무 소리도 들리지 않기에 확성기를 사용하고, 너도나도 확성기를 사용하기에 소리가 소음이 되어버리는 세계. 원하시 않는 광고 선난이 가득한 우편함 같은 세계. 이 세계에 잠식당하지 않으려면 드립이 필요하다.

드립은 거짓말과 다르다. 상대가 그 말이 드립임을 알아채지 못했다면, 즉 드립을 다큐로 받는다면 그 드립은 실패한 것이다. 누군가 "엄마가 좋아, 아빠가 좋아?"라고 물으면 드립을 잘 치는 영재 소년은 이렇게 대답한다. "아, 당연히 이스탄불이 좋지!" 여기서 아이는 결코 누군가를 속이려는 것이 아니다. 대답을 들은 사람도 아이가 엄마, 아빠보다 이스탄불을 더 사랑한다고 믿지 않는다. 아이는 이분법을 강요하는 상대 질문을 파훼하기 위해 드립을 구사한 것뿐이다.

드립은 개소리와 다르다. 개소리란 무엇인가. 철학자 해리 G.

프랭크퍼트에 따르면 개소리는 진리에 무관심하다.* 바로 그 점에서 개소리는 거짓말과 다르다. 거짓말은 진리를 은폐하기 위해서라도 진리에 관심을 두지만, 개소리는 진리에 무관심한 채 그저 생각 없이 애매한 소리를 지껄이는 것이다. 거짓 공포와 거짓 희망을 주입하기 위한 유사 정치, 유사 종교, 유사 역사학의 언명들이 이러한 개소리에 속한다. 드립은 상대에게 그것이 드립임을 각성시키는 데서 발생하므로 개소리와 거리가 멀다. 드립은 상대의 전두엽을 새삼 자극한다는 점에서 듣는 이를 멍청하게 만드는 개소리와는 확연히 다르다.

*
해리 G. 프랭크퍼트, 이윤 옮김,《개소리에 대하여》, 필로소픽, 2023 참고.

드립은 훈계와 다르다. 훈계는 화자가 청자의 우위에 선다는 점에서 억압적이다. 훈계는 심미적 요소보다 도덕적 요소가 두드러진다는 점에서 지루하다. 성공한 드립은 상대방의 허를 찌르고, 허를 찔린 상대는 웃음을 터뜨린다. 웃음 속에서 서로 간의 긴장이 이완되므로 위계적 훈계는 성립하기 어렵다. 그러나 어떤 훈계는 드립의 형태를 띠기도 한다. 한국 사회 꼴이 말이 아니라고 식탁에서 한탄해보라. (다른 사람이 아닌 바로) 엄마가 이렇게 드립을 구사할지 모른다. "네 꼴이나 걱정해라, 이것아."

드립은 사랑의 밀어와 다르다. '썸'을 타던 이가 당신에게 "저는 당신을 사랑해요"라고 고백했을 때, "저도 당신을 사랑해요"라고 응답하면 그것은 사랑의 밀어다. 썸을 타던 이가 당신에게 "저는 당신을 사랑해요"라고 고백했을 때, "우리 엄마도 저를 사랑해요"라고 응답하면 그것은 망언이다. 썸을 타던 이가 당신에게 "저는 당신을 사랑해요"라고 고백했을 때, "저도 저를 사랑해요"라고 응답해야 드립이다. 어떤 드립은 효과적인 사랑의 밀어가 되기도 한다. 사랑하는 상대에게 이렇게 드립을 구사해보는 거다. "아무 쓸모 없이 귀엽기만 한 내 작은 부침개." 엄마도 오랫동안 연애를 하지 않고 있는 자식에게 애정과 응원이 담긴 드립을 날릴 수 있다. "요즘은 너 좋다는 미친놈 없니?"

드립은 망언과 다르다. 배우자의 늙은 얼굴을 보며 "당신 눈가에 주름이 파도처럼 밀려오네. 쓰나미 같아"라고 하면 이것은 망언이다. 상대가 그런 망언을 내뱉을 때 태연히 "쓰나미가 오니 대피해야지"라며 상대를 골방으로 꺼지라고 하면 그것이 드립이다. 드립은 펀치보다는 카운터펀치로 효과적이다. 드립은 권력자의 무기보다는 저항자의 무기로 더 적합하다.

드립은 모욕적인 언사와 다르다. 상대가 개소리를 일삼는다고, 면전에서 "네 머릿속에 든 것은 순두부냐, 돼지 곱창이냐, 우동 사리냐"라고 일갈해서는 안 된다. 직설적으로 말하기보다는 에둘러 말해야 드립이 성공할 가능성이 높다. 컴퓨터를 오랫동안 들여다보느라 목이 앞으로 나온 사람에게 "너 거북목이야"라고 하면 모욕이 될 수 있다. 그 대신 "너 터틀넥이야"라고 하면 좀 더 드립에 가까워진다. 그래도 상대가 화를 낼 것 같으면, 터틀넥 스웨터를 하나 사주면 된다.

드립이란 무엇인가. 만우절이 되면 다들 시도하지만 실패하는, 바로 그것이다. 4월 1일이 되면 너나 할 것 없이 앞다투어 거짓말을 하기 시작한다. 그러나 그것은 이상한 거짓말. 누구나 다 거짓말인 줄 알기에, 거짓말이 아니라 농담이 되어야 하는 거짓말. 누구나 농담을 기대하고 있기에, 어지간한 농담은 실패할 수밖에 없는 어려운 과제 같은 거짓말. 그러나 진정한 '드립 인간'은 만우절에는 침묵하고, 평소에 드립을 통해 일상의 순간들을 만우절로 만든다.

왜 드립인가

왜 하필 드립인가. 넘쳐나는 바른말들, 고운 말들, 엄격한 말들 사이에서 왜 하필 허탈한 드립을 말하고 들어야 하는가. 왜 일부러 궤도를 이탈한 문장을 가끔 구사해야 하는가. 그 고삐 풀린 문장들은 어떻게 인간의 삶을 반영하는 데 성공하는가. 인생에는 100퍼센트 진지해지기 어려운 요소가 있기 때문이다. 동의한 바 없이 시작해서 어느 날 갑자기 끝나는 인생이란 프로젝트에 누가 완전히 진지해질 수 있을까. 그러나 인생이 농담은 아니다. 누구나 넘어지면 아프고, 살갗이 찢어지면 피가 나고, 때가 되면 배가 고프다. 그래서 인간은 진지하게 앞날을 계획하고, 먹거리를 사냥하고, 생로병사를 통제하려 한다. 생존에 관한 한 인간은 맷돌처럼 진지하다.

그러나 인간은 끝내 진지하기만 할 수는 없다. 실제 인생에서 어떤 일이 어떻게 발생하는지 완벽히 알 수는 없다. 자신의 행동이 어떤 결과를 가져올지 역시 투명하게 알 수는 없다. '나'라는 허상에 집착해서 쉴 새 없이 자신을 핥아대지만, 자신이 누구인지 아무도 확언할 수 없다. 마침내 찾을 때까지는 자신이 무엇을 찾고 있는지 모르는 게 인생이 아니던가. 무엇을 위해 이 고단함을 견뎌야 하는지, 불확실하기 짝이 없는 이 인생의 전모를 논리적 언어로 정의할 수 있는 사람이 얼마나 있을까. 삶은 종종 부조리와 경이를 간직한 모호한 현상이므로, 때로는 구름을 술잔에 담듯 삶을 담아야 한다. 드립은 바로 언어로 된 그 술잔이다.

이 짧은 인생에서 드립으로 낭비할 시간이 있느냐고? 사회적 이상은 쉽게 이루어지지 않고, 개인의 구원은 쉽게 오지 않는다. 중요한 것은 구원의 여부보다 무엇을 하며 구원을 기다릴 것인가. 내일 지구가 멸망해도 사과나무를 심는 바뤼흐 스피노자처럼, 오늘도 심신의 건강을 보살피며 드립을 치는 거다. 별생각 없이 치는 거다. 그래야 마음의 여유를 잃지 않을 수 있다. 마음에 여유가 없다고 책을 읽지 않으면 마음의 여유가 더 없어지듯, 바쁘다고 드립을 무시하면 마음의 여유가 더 없어진다.

드립이 당신을 자유케 하리라

마르틴 하이데거가 그랬던가, 인간은 벌거벗은 현실을 살지 않고 언어로 만든 집에서 산다고. 그 집은 하루아침에 다 지을 수 없다. 언어는 어느 날 갑자기 한 개인에 의해서 창조되지 않는다. 언어는 사회적인 것이다. 사람들은 기존 언어를 비틀고 전용하고 전유하며 새로운 언어를 창조한다. 드립도 그와 같은 전유의 소산이며, 그 전유의 행위 속에 인간 고유의 자유가 깃든다.

세상은 각종 프레임으로 구조화되어 있다. 그 프레임을 떠나

진공 속에서 살 수 있는 인간은 없다. 그러나 기존 언어가 만든 프레임을 비틀 수 있는 한 인간은 다소 자유롭다. 드립 인간은 자신을 포획하려는 프레임을 인지하되 그 프레임에 갇히지 않는다. 성공한 드립은 자신이 이 엉망진창인 세계에 완전히 지배받고 있지 않다는 즐거운 감각을 선사한다. 드립 인간은 삶의 진부함을 경멸하면서 자유를 찾아 클리셰 사이를 질주한다.

과연 드립은 기존 언어를 효과적으로 비틀 때 성공한다. 앞에 놓인 음식을 먹고 싶지 않을 때 "오늘은 입맛이 없어서 못 먹겠어"라고 하면 그것은 드립이 아니다. "오늘은 헝그리 정신이 없어서 못 먹겠어"라고 해야 비로소 드립이다. 이 드립은 입맛 그리고 헝그리 정신이라는 말의 의미를 숙지하면서 비틀 수 있기에 가능하다.

이런 드립이나 치고 있기에는 세상일이 너무 심각하다고? 분노하기에도 바쁘다고? 그렇다. 실로 이 세상은 분노할 일로 가득 차 있다. 인간에게는 주어진 현상보다 나은 상태를 꿈꾸는 능력이 있고, 그 능력으로 인해 사람들은 분노한다. 그리고 분노가 고삐를 잃고 극에 달했을 때, 그 분노는 혐오로 바뀌기도 한다. 그래도 분노와 혐오를 날것 그대로 발설하지 않는 것이 바람직하다. 날것 그대로 혐오하는 순간, 바로 그 혐오에 패배하는 것이며, 그런 패배는 누구나 할 수 있다. 우린 좀 더 심미적으로 패배할 수 있다. 드립 인간은 분노에 떠는 순간에도 유연하게 몸을 돌려 상대 정신의 빈 곳을 가격한다.

드립이란 섬에 가고 싶다

드립도 커뮤니케이션이다. 전시의 군대에서라면 오해의 소지가 적은 건조한 문장으로 명령을 주고받아야 한다. 시 낭송하듯 명령을 내려서는 안 된다. "진격 명령을 내려주십시오!" "적군과 아군 사이에 섬이 있다. 그 섬에 가고 싶다!"* 이건 도대체 진격하라는 건지, 진격하지 말라는 건지 알 수 없다. 모호함을 장착한 드립은 군대의 명령에 걸맞지 않다.

* 정현종의 시 〈섬〉 전문 "사람들 사이에 섬이 있다/ 그 섬에 가고 싶다" 참고.

그러나 일상에서 사람들은 건조한 사실의 나열보다 혼신의 드립을 원할 때가 더 많다. 사람들은 사실의 파편이 아니라 파편을 넘어선 우주를 원하기 때문이다. 인간은 벌거벗은 현실을 살지 않고, 언어를 통해 구성한 우주에 산다. 언어에는 주술적 성격이 있어서 어떤 언어를 어떻게 말하느냐에 따라, 그 순간 주변 분위기뿐 아니라 이 우주 전체가 달라진다. 그런 점에서 드립은 작은 변혁이자, 사소한 혁명이자, 진지한 행위예술이자, 제도화되지 않은 문학이다.

미친 사람만이 말할 수 있는 진실. 광인의 입으로만 말해지는 진실이 있듯, 드립을 통해서만 비로소 표현되는 삶의 진실이 있다. 사실은 충분하지만 진실은 빠져 있다고 느낄 때, 드립이 방언처럼 터진다. 좋은 말은 넘치지만 현실은 여전히 진창일 때, 드립이 방언처럼 터진다. 오랫동안 기대한 목표를 달성했지만, 아무도 기쁘지 않을 때 드립이 방언처럼 터진다. 세상이 여전히 불완전한 이상, 오늘도 인간은 드립을 반려동물 삼아 살아갈 것이다. 드립을 사랑하던 사람이 죽으면 먼저 가 있던 드립들이 마중 나온다는 이야기가 있다. 나는 이 이야기를 무척 좋아한다.[*]

> *
> 스노우캣, 〈마중〉,
> 봉투쏭스', 2014 참고.

이상은 이 책에 담겼을지도 모르는 드립에 대한 옹호다. 원고를 함께 검토해준 폴리나 그리고 이 단문집을 만드는 과정에서 함께한 김성태, 이복규 선생님을 비롯한 김영사 여러분께 감사드린다.

2024년 여름

김영민

차례

발문

성찰적 드립의 세계에
오신 것을 환영합니다

1부

마음이 머문 곳

2부

머리가 머문 곳

3부

감각이 머문 곳

1부

마음이

머문

곳

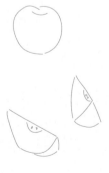

취약함은 인간을 인간이게끔 하는 인간의 특징이다. 인간성을 발견한다는 것은 곧 인간의 취약함을 발견한다는 것이다. 인간은 취약하므로, 인간에게는 울어도 될 곳이 필요하다. 그곳을 성소聖所라고 부른다.

2007. 12. 2.

﹅   인간은 필멸자必滅者다. 따라서 인생의 목표는 승리가
     아니다. 우아한 패배다.

﹅   산다는 일은 그냥 사는 것뿐 아니라 우리가 수혜자이
     자 피해자이자 목격자인 삶이란 사태를 바라보는 일이
     기도 하다. 그래서 우리는 읽고 쓴다.

＼　안 좋은 일 때문에 놀랄 때마다, 놀라는 자신을 보고 한 번 더 놀란다. 삶에 이토록 은연중 기대하는 것이 많았다니!

2007. 4. 24.

＼　잘 살기 위해서는 짊어져야 할 적절한 하중이 필요하다. 너무 가벼우면 땅에 발을 딛고 살 수 없고, 너무 무거우면 한 발자국도 움직일 수 없다. '아이를 낳을 것인가, 몇 명이나 낳을 것인가, 얼마나 열심히 일할 것인가?' 같은 질문은 인생의 하중을 조절하기 위한 질문이다.

2021.

、　　하중은 있되 통증은 없는 삶을 원한다.

2016. 5. 26.

、　　옛 권력자들은 죽기 전에 인생이 한 편의 꿈과 같다고
중얼거리며 죽었다. 그 기록을 읽는 현대인은 이제 인
생이 한 편의 꿈이라는 것을 알고 있다. 현대인의 삶은
거대한 자각몽이다.

、   천국에는 아무나 갈 수 없다. 거긴 관계자 외 출입 금지 구역이라니까.

、   영화 〈플로리다 프로젝트〉(2017)를 보면, 불행 속을 걷는 어린 주인공이 쓰러진 나무를 보며 이렇게 말한다. "내가 왜 이 나무를 좋아하는지 알아? 이 나무는 쓰러졌는데도 계속 자라거든."
산책길에서 쓰러진 나무를 볼 때마다, 그리고 나를 포함한 누군가가 쓰러질 때마다, 이 대사가 떠오른다.

2024. 6. 16.

"에콰도르의 수산시장에는 줄을 서서 생선을 구매하는 바다사자가 있어. 그곳에서는 워낙 자주 있는 일이라 생선 가게 아저씨들 역시 무심하게 바다사자 차례가 되면 생선을 잘라준대"라고 옛 친구가 그랬지. "이곳에서는 최대한 '살고 있는 척하다가' 나중에 중남미의 해변에서 '살자'"라며.

2014. 11. 8.

＼　(종교적 헌신이 없는 사람의 경우) 죽음을 마주한 상황에
　　서는 아무것도 의미가 없을 것이다. 거대한 부의 축적
　　도, 어떤 사회적 영예도. 그래도 남는 희미한 의미가 있
　　다면, 자신의 삶을 자신이 원하는 대로 연소했느냐 여
　　부가 아닐까.

2007. 9. 26.

＼　"그렇다. 삶이란 지리멸렬한 전쟁인 것이다"라고 감기
　　환자가 중얼거렸다.

2017. 6. 27.

、 　 아이러니를 사랑해. 그게 인생이니까.

2019. 6. 29.

、 　 오늘도 건강을 보살핀다. 아집들과 편견들이 죽어 묻힌 무덤 위에서 말할 계획이므로.

2016. 12. 13.

치과에 다녀왔다. 난 고칠 곳이 많은 사람이라는 사실을 새삼 깨달았다. 사람은 고집스러운 존재여서 자기 반성을 싫어한다. 강연이나 조언을 들었다고 자신의 결점을 깨닫는 경우는 드물다. 그러나 치과는 다르다.

2009. 1. 21.

애타게 바라는 것은 대개 오지 않기에, 삶은 기다림의 연속이다. 관건은 무엇을 기다리느냐는 것이다. 무엇을 기다리느냐에 따라 기다리는 동안 하는 일이 달라지고, 기다리는 동안 하는 일이 무엇이냐에 따라 그 사람 인생이 달라진다. 가장 한심한 것은 남을 흠잡고 싶어서 남이 잘못하기를 기다리며 사는 인생이다. 차라리 고도Godot를 기다리는 게 낫다.

〳   화창한 만우절이다. 삶의 진실을 이야기하기 좋은 날
   이다.

2017. 4. 1.

〳   사실, 쉬운 일은 없다. 노고는 흩어지기 쉽고, 일어난
   일은 제대로 기억되지 않는다.

2015. 4. 16.

ﾞ　　벚꽃 아래서 야구하는 아이들을 한참 바라보았다. 상
　　대의 적시타로 패배한 아이들은 글러브를 땅에 팽개치
　　느라 자신들이 행복 가까이에 있었다는 것을 모르겠
　　지. 물론 나도 모른다.

ﾞ　　당신은 당신이 매일 하는 바로 그것이다. 무엇을 매일
　　할 것인가.

2018. 4. 15.

＼ 　부처님 오신 날 공휴일 저녁. 부처님은 이미 태어났고, 연휴는 가버렸다. 부처님의 가르침대로 집착을 버릴 때다.

2015. 5. 25.

＼ 　어린 시절 쓴 일기에 배부른 돼지고기가 되느니 배고픈 소고기가 되겠다는 대목이 있다. 대체 무슨 포부였을까. 소크라테스와 소고기는 같은 소씨라고 생각한 걸까.

＼ 인생은 뜬금없고 예측 불허다. 마치 백허그처럼.

2013. 2. 24.

＼ 골키퍼는 가만히 있었다는 말을 듣기 싫어 일단 몸을 던지고 본다. 인생의 결정이 대개 그러하다.

봄 단상

좋은 것은 짧다. 봄도.

2007. 5. 23.

'지금 무엇이 존재한다고 해도, 그것이 언젠가는 사라
지고 만나면, 그것이 존재한다고 말할 수 있을까?' 하
는 생각이 들 수 있는 계절, 봄이 오고 있다.

2009. 3. 2.

마음의 외부에(만) 봄이 온 것 같다.

2015. 3. 7.

다들 이번 봄에는 연인과 함께 꽃나무 그늘 아래 앉아
"목련은 너무 빨리 지죠"라는 드립을 날리는 정신적 사
치를 누리기 바란다.

2015. 3. 24.

나무를 보지 말고 숲을 보라느니 하는데, 이 시절에는
꽃을 보아야 한다.

2015. 3. 27.

봄이 왔다. 다들 술에 취해 비틀거리며 "내가 왜 좋아요?"라고 되물어야 할 때가 아닌가.

2016. 3. 24.

봄은 원래 빨리 지나간다. 계절 중 주말에 해당한다.

2021. 3. 22.

겨울은 봄이 온다는 걸 모른다. 나는 이것이 아름답다고 생각한다.
봄은 비틀거리면서 온다. 나는 이것이 아름답다고 생각한다.

＼　　세상에 만연한 이 기이한 희망들. 과도한 희망을 품고
　　살다가 갑자기 비명을 지르는 것은, 웃통 벗은 근육남
　　이 계란프라이를 부치다가 기름이 튀어 화상을 입는
　　것과 같다. 앗 뜨거!

2018. 2. 8.

＼　　누구나 인생행로에서 많은 산을 넘어야 한다. 산에는
　　두 종류가 있다. 산 그리고 산 넘어 산.

어머니의 기억

쇠약해진 후로, 어머니는 TV 드라마에 좀 더 몰두했다.
화장실에 가려고 방을 나서면, 마루의 TV 앞에 앉아
졸고 있는 어머니를 발견한다. "앉아서 주무시지 말고,
들어가서 주무세요." 선잠에서 깬 어머니가 대답한다.
"졸고 있을 때가 행복해."

2009. 6. 8.

늙은 어머니가 말씀하시네, 너무 열심히 살지 말라고.

2017. 11. 12.

ㆍ 충분히 살지 않은 인생도 문제다. 잔을 받았으면 마셔
    야, 세상에 던져졌으면 양껏 살아야. 삶이여, 부디 날
    가져요.

2007. 5. 2.

ㆍ 페이스pace와 페이스face를 잃지 않고 자기 생을 완주하
    는 게 중요하다. 다들 계속 살아가야 할 이유를 찾고 있
    으므로, 누구에게나 격려가 필요하다.

2016. 4. 30.

실수의 깨달음은 부고처럼 언제나 늦게 온다. 인생의 오타는 왜 나중에 보이는 걸까.

삶의 질을 측정하고 싶다면, 행복의 정도를 알고 싶다면, 근심 없이 아침 산책을 할 수 있느냐고 물어보라.

2016. 4. 7.

`＼`   인과因果의 사슬대로 하는 게 행동이 아니라 인과의 사
슬을 끊는 것이 행동이다.

2011. 3. 18.

`＼`   어디 다치고 나면, 사람들이 어쩌다가 다쳤냐고 물어
보는데, 다치는 과정은 대개 너무 바보 같아서 진상을
이야기해줄 수 없다.

2018. 9. 19.

＼ 세상에는 직시하기 어려운 것들이 많다. 내심 알고 있는 진실, 늙어가는 부모의 얼굴, 헐벗은 자기 몸, 헐벗은 자기 마음 그리고 헐벗은 계좌 잔고….

2007. 5. 7.

＼ 매사에 '그럴 수 있다'라고 생각할 필요가 있다. 그 생각의 대가가 희망의 잠정적 포기일지라도.

2011. 7. 14.

〔Web발신〕 김포공항에 강남이 온다! 서울 서부에 판교가 온다! ○○○이 한다!

이 같은 선거 유세용 문자를 거듭 받고서, 갑자기 불쾌해졌다. "왜 와요?" 서울 서부에 사는 사람으로서 이렇게 질문했으나 대답이 없네.

2022. 5. 31.

﹨ 코 고는 소리를 들으면, 처절하다는 생각이 든다. 그것
은 인생의 소리다.

2008. 10. 27.

﹨ 어제 일이 있어, 백만 년 만에 강남 한복판에 갔다. 신
기한 게, 강남 가니 도태되는 느낌이 생기더라. 더 매운
거 먹고 더 열심히 살아야 할 거 같은 느낌이 들더라.
그러지 않으면 그냥 엿 될 거 같은 느낌이 들더라. 사냥
감이 되기 전에 빨리 침대 위로 돌아가야지….

2023. 3. 4.

출근 단상

소설 《무지개》에서 데이비드 허버트 로런스는 "밤하늘의 별을 보다가 내 인생의 주인은 내가 아니"라 느낀다고 말했다. 별을 볼 필요도 없다. 출근만으로도 내 인생의 주인은 내가 아니라고 느낀다.

2008. 11. 26.

비밀을 알려주듯 노인들은 말하지, 무조건 즐겁게 살아야 한다고. 오늘 꿈은 오늘 빨겠다는 마음가짐으로 집을 나서는 거다.

2015. 10. 7.

나무늘보가 함께 자자고 청혼하는 꿈에서 깨어났다. 이제 싫어도 출근해야 한다.

2015. 11. 12.

`   외로울 때가 제정신이다.

`   누가 마음속 말을 다 할 수 있는가. 하지 못한 말들은
       내장 속에서 고이 썩다가 마침내 사리舍利가 된다.

                                                    2007. 9. 14.

＼　사람에 따라 다르기는 하지만, 적지 않은 사람들이 결혼으로 한꺼번에 번식공동체, 대화공동체, 육아공동체, 일상공동체, 농담공동체, 생존공동체 그리고 스파링 파트너를 만들고자 한다. 그 많은 것이 한 방에 다 성공할 리 있겠는가.

＼　Q: 결혼이란 무엇인가.
　　A: 봉사할 기회를 얻는 것이다.

2023. 2. 9.

오늘 결혼식 주례를 맡았으므로 일찍 일어났다.

이제 주례는 되도록 맡지 않으려고 한다.

첫째, 주제넘은 일이라는 생각이 종종 들고

둘째, 일찍 일어나기 싫고

셋째, 매번 새로운 주례사 쓰기 힘들고

넷째, 예식이 끝나고 애매하게 팽개쳐져 있기 어색하고

다섯째, 매번 하객들이 나를 신랑으로 혼동하는 거 피곤하다…. 한두 번도 아니고. (다행히 신부로 혼동하지는 않음)

마지막 주례라는 자세로, 오늘은 기쁜 마음으로 최선을 다하련다.

2019. 3. 23.

ꞏ 　한숨과 심호흡의 차이를 생각한다. 대개 그렇지만, 종이 한 장 차이가 많은 것을 바꾼다. 그 한 장의 차이를 만들기 위해서는 많은 노력이 필요하다.

ꞏ 　절에 가면 소원 써넣은 기와들을 눈여겨보곤 한다. 오늘은 두 소원이 눈에 들어왔다.

평범하게 살게 해주세요.
사업 잘 풀리길(모비스 向, LG 向, 삼성 向 등).

후자는 아마도 주식시세(?)에 관련된 소원.
정말 소원을 말해보라고 하면, 난 눈물이 나서 말 못 할 거 같은데.

2022. 7. 19.

ﾊ 오늘은 율리우스 카이사르가 루비콘강을 건넌 날.

대체로 사람들은 루비콘강을 건너지 않는다. 자신의
루비콘강이 어디 있는지도 모르므로.

2017. 2. 10.

ﾊ 인생이란 무엇인가?

먹고 자는 사이에 짬을 내 뭔가를 하는 것이다.

혹은, 뭔가를 하는 척하면서, 하기 전후에 먹고 자는 것
이다.

따라서 잘 먹고 잘 자는 게 중요하다.

2016. 10. 26.

`　 벌써 6월이다. 6월은 잘못이 없다.

2023. 6. 1.

`　 7월 1일이라고 자판을 치는 손가락이 떨렸다. 올해 상반기가 속절없이 가버렸다는 사실을 부정하라고 음력이 존재하는 것이다.

2017. 7. 1.

＼   남에게 도움을 청하는 일은 쉽지 않다. 그러기 위해 자
신의 처지를 인정하는 일은 더 쉽지 않다. 인정은 용기
가 필요하다. 그래, 인정할 건 인정하자. 난 복부 비만
이야….

2007. 6. 27.

＼   주말인데도 엉망으로 사는 데 실패해서 우울한 저녁.

2023. 4. 22.

ヽ　　세상의 많은 아우성 속에서도, 하루는 덧없이 빠르게
흘러간다. 이런 하루가 쌓여 인생을 이루는가. 아주 얇
고 가볍게 썬 삼겹살이 소리 없이 쌓여 한 마리 돼지가
되듯.

그 돼지는 누가 먹는가.

2009. 10. 8.

ヽ　　세상에는 세 종류의 신발이 있다. 주인을 기다리는 신
발, 주인을 잃은 신발, 주인을 잘못 만난 신발. 당신은
어떤 신발인가.

여름 단상

다이어트에 실패한 사람이, 식인종을 찾아다니며 자기 뱃살을 가지고 행상하는 상상을 하며, 2009년 여름밤 을 보낸다.

2009. 8. 5.

다시 돌아온 연구실. 장마, 패티김의 노래, 《사고전서》 《경건함과 정치Piety and Politics》, 묵은 편지들, 커피… 이 검은 평화를 깨지 말아다오.

2010. 7. 17.

비와 함께 멀어져가는 여름에게 묻노니, 내게는 날들 이 얼마나 남았는가. 그날 동안 무엇을 하면 나쁘지 않 겠는가. 그리고 누구에게 마무리를 부탁할 것인가.

2012. 8. 15.

표정을 보고 인연이 끝났음을 감지하듯, 아침 볕을 보 고 여름이 끝났음을 알겠다.

2016. 8. 27.

＼ 거품은 걷히려나. 걷히고 나면 무엇이 남으려나. 거품 없이도 살 수 있으려나. 아니면, 거품이 곧 생인가.

2009. 5. 29.

＼ 희망이 있어서 희망을 갖는 게 아니다. 희망을 가진 사람이 되고 싶어서 희망을 갖는다. 절망한 사람이 되고 싶지 않아서 절망하지 않는다. 누구도 희망을 뺏을 수 없다.

ヽ　메마른 수영장은 메마른 사막보다 더 메말라 보인다.
메마른 욕조는 메마른 수영장보다 더 메말라 보인다.
메마른 마음은 메마른 욕조보다 더 메말라 보인다.

ヽ　할 수 있는 일을 하고, 할 수 없는 일을 하지 말자. 이 다
짐만 지킬 수 있으면 된 것이다.

2017. 1. 6.

﹨　　각자의 성취는 각자밖에 모른다. 내 성취는 아직 살아 있다는 것이다.

﹨　　손톱 깎을 때 질문해본다. 자라난 손톱도 성취일까. 의도하지 않았다는 점에서 그것은 성취가 아니다. 그러나 그동안 스스로 삶을 유지해냈고, 손톱은 그 삶의 부산물이라는 점에서 거대한 성취. 손톱은 당신이 죽고 나서도 한동안 계속 자란다. 사후에 자란 손톱도 성취인가.

﹨　일정한 경지에 오른 운동선수들은 특별한 기대를 품지 않고 매일의 운동 루틴을 따른다.

삶도 그래야 하지 않을까. 노력의 배신을 한탄하기 전에, 어떤 기대도 없이 노력할 수 있는 상태를 지향한다. 인내는 쓰고 그 열매는 달든지 말든지, 인내는 쓰고 그 열매도 쓰든지 말든지, 인내는 달고 그 열매는 쓰든지 말든지, 인내는 달고 그 열매도 달든지 말든지. 오늘도 잠자리에서 일어나 변함없이 달걀을 삶으러 간다.

﹨　야수가 이미 공을 잡았다는 사실을 알았음에도 불구하고, 홈으로 뛰어야만 하는 주자는 얼마나 비극적인가? 그에게는 선택의 여지가 없다. 그는 자신의 아웃을 향해 달려야 한다. 야구 경기 중 가장 흥미로운 부분이다.

2009. 7. 27.

ヽ　떼를 지어 취한 사람 무리 중에는 불결하게 늙어가는 영혼이 한둘쯤 있기 마련이다.

2017. 11. 24.

ヽ　세상에는 고독한 사람들이 있다. 자신과 싸우며 트랙을 뛰고 있는 사람. 거울을 보며 무거운 것을 들고 있는 보디빌더. 그리고 죽은 사람과의 약속을 홀로 지키고 있는 사람.

그가 바위에서 뛰어내린 후, 정신없이 읽은 글 중에는 소설가 K가 쓴 다음 대목이 기억에 남았다.

새벽에 그 바위 위에 혼자 서 있는 기분이란 어떨까? 문득 문득 그런 생각이 들었어요. 우리가 사는 이 나라에서 고독이란 가장 경멸할 만한 감정이죠. (…) 아무리 많이 배우고, 아무리 많은 재산을 가졌어도 이 나라에서 사람들은 무리를 지어서 다니죠. 학연이나, 지연이나, 혈연으로. 원숭이들처럼, 모여서 걸어 다니죠. 우두머리를 중심으로. 그 대열에서 벗어나면 죽는다는 걸 본능적으로 아니까. 그게 쥐든, 개든, 다른 짐승들과 마찬가지로. (…) 그 새벽의 바위 위에 서 있던 그 사람을 누구도 위로할 수 없다는 그 자명한 사실이 나를 슬프게 하네요.[*]

> [*]
> 김연수 작가의 추모글.

누군가 바위 위에 혼자 서 있을 때, 그를 어떻게 위로할 수 있을까.

2009. 5. 24.

ヽ   마음과 세계의 날씨와 관계없이, 어디를 여행하고 있
     든지 관계없이, 읽을 책은 읽고, 할 운동은 하고, 들어
     올 월급은 들어오게끔 하는 생활 시스템을 구축하는
     것이 중요하다. 노화가 본격적으로 시작되기 전에 그
     러한 라이프스타일을 익히는 것이 중요하다.

2015. 9. 11.

ヽ   내게도 자제력이 있다는 증거로서, 가끔 음식을 남기
     곤 한다.

＼　　울음이 그치면 유품을 수습하게 되는데, 유품을 정리하다 보면 실로 많은 것이 덧없다는 생각이 들고, 따라서 유품 수습은 여러 날에 나누어 할 수밖에 없는데, 오늘은 내가 어린 시절 글짓기 숙제한 것을 어머니 유품에서 발견했다. 기억에 남아 있지 않은 숙제인데, 선생님의 코멘트가 붉은 글씨로 적혀 있었다.

당황하게 만드는 글이구나! 결국 숙제는 안 한 거고. 말만 많은 거다. 그렇지? 그래, 흐릿한 세상이다. 분명한 건 없고 치이듯 살아간다. 나도 언제나 역겨움을 느낀다. 하지만, 흐릿한 세상이라고 같이 흐릿할 순 없다. 산다는 건 일종의 배반 비슷한 거다. 너는 나는 우리 모두는 크는 나무고, 언제나 솟을 수 있는 샘이어야 한다. 종합은 단편에서 나오고, 생각의 정돈은 좀 더 후에 하자꾸나. 난 단지 같이 생각하고 싶었고, 내 생각 이전에 너희 생각을 파악하고 싶었다. 모호한 '반공'은 수업 시간을 통해 조금은 더 분명해질 거고, 내 변명도 이해할 수 있었으면 한다. 더 좋은 해답은 영민이가 더 알면서 얻으리라 기대한다. 고마운 글이고 똑똑한 글이다. 멋있는 녀석이다, 영민인! 글씨가 마음에 든다.

코멘트로 보건대

첫째, '반공' 글짓기 숙제였고

둘째, 반항심에 전혀 다른 주제로 글을 써냈거나, 글짓기 주제 자체를 비판하는 글을 써냈던 거 같고

셋째, 선생님은 당황한 것 같기도….

넷째, 글씨 잘 쓴다는 칭찬. (정작 선생님의 필체가 좋은 듯)

2022. 1. 25.

﹨ 자기 한계를 응시하며 산다는 것은 좋은 일이다. 한계를 느끼기에 미쳐 날뛰지 않을 수 있고, 응시하기에 한계에 잡아먹히지 않을 수 있다. 물론 인간의 대표적 한계는 죽음이다.

﹨ 남는 건 사진뿐이라고? 그렇다. 당신은 남지 않는다.

＼　　　청소할 때 천지창조를 생각한다. 먼지의 근원은 어디
　　　일까. 그것은 그냥 생긴다. 먼지야말로 무에서 유를 창
　　　조한다.

2009. 3. 6.

＼　　　내가 저지른 일은 내 책임일지라도, 그 일을 저지른 나
　　　는 내 책임인가. 생각이 여기까지 이르면 조금 너그러
　　　워지기 시작한다.

2013. 8. 8.

﹡   인간들이 건강을 위해 금연하는 줄도 모르고 담뱃불을
     훔친 프로메테우스.

﹡   인생은 여행이고, 여행자에게는 체력이 필요하다.
     화장실 다녀오고 여독을 풀어야 할 체력이면 인생 살
     기 곤란하다.
     청년이 유치원 운동회에서 꼴찌를 할 체력이면 남은
     여행을 어찌할 것인가.
     중년이 양로원 운동회에서 예선 탈락할 체력이면 남은
     삶을 어찌 살 것인가.

오늘은 길을 가다가, 발레리나 옷을 입은 개를 끌고 산책하는 잠옷 입은 사람을 보았다. 그럼에도 불구하고 나는 흔들리지 않고 한 그루 사과나무를 심을 것이다.

2009. 10. 11.

사회생활을 하려면 말을 곱게 해야 한다. "못생겼다"라고 하는 대신 "웃기게 생겼다"라고 하는 게 낫고, "웃기게 생겼다"라고 하기보다 "얼굴에 유머가 있다"라고 하는 게 낫고, "얼굴에 유머가 있다"라고 하기보다 조용히 걱정스러운 표정을 짓는 게 낫다.

＼　시사모를 구워 먹었다. 시사모라는 생선은 정말 인상적이다. 몸통에 온통 알만 가득 차 있다. 알뿐이다. 시사모는 자아가 없거나, 모성애가 강하거나, 성욕이 강하다는 것이 내 결론이다.

2009. 9. 12.

＼　과학을 혐오하는 최적의 방법은 과학을 욕하는 것이 아니다. 가장 비과학적인 걸 늘어놓고 그걸 과학이라 하는 것이다. 삶을 혐오하는 최적의 방법은 삶을 욕하는 것이 아니라, 생존을 삶이라고 하는 것이다.

가을 단상

`

가을인가. 영혼이 맑은 사이보그와 산책하고 싶구나.

2007. 10. 12.

좋은 가을 하늘이다. 어쩌라는 걸까. 다르게 살아보라는 걸까.

2011. 10. 17.

기 올 이라는 이름의 덤벨 앞에 앉다.

2013. 9. 23.

설거지를 끝냈고, 빨래를 꺼내 널었으며, 커피를 내렸고, 만화를 보기 시작했다. 불행하지 않은 가을날이다.

2017. 10. 3.

평소에 호감 가던 이에게, 이 가을을 선물한다고 했더니, 봉이 김선달이라고 하는군.

2019. 8. 20.

발이 신발을 잊지 못하면 신발은 구속이 되며 심하면 족쇄가 된다. 허리가 허리띠를 잊지 못하면 허리띠는 재앙이 되며 심하면 밧줄과 오라가 된다. 사람이 종일토록 신을 신고 허리띠를 매고도 싫어할 줄 모르는 까닭은 이것을 잊었기 때문이다.*

* 소동파, 《동파역전》, 성상구 옮김, 청계, 2004, 269쪽.

오늘 읽은 이 문장을 여기에 적어두는 이유는? 도쿄 아메요코시장에서 새 신발을 샀는데, 걸을 때마다 발뒤꿈치가 아파.

2009. 12. 8.

﹂ 아침에 변기에 앉아 생각한다. 역시 인생은 허송하는 맛이야.

2015. 11. 4.

﹂ 정말로 두려운 사람은, 너무 두려운 나머지 자신의 두려움을 밖으로 감히 드러내지 못한다. 그래서 두려움은 종종 허장성세로 이어지곤 한다. 지나치게 큰소리치는 사람에게는 공포를 느끼기보다는 측은지심을 품을 필요가 있다.

2008 10. 12.

ヽ   무능과 부도덕은 종종 혼동된다.

2018. 9. 2.

ヽ   냉장고는 음식이 가장 썩기 좋은 곳이다. 거기에서만
      큼은 아무것도 썩지 않으리라 생각하기 때문에.

、 사우디아라비아의 수도 리야드에 거대한 모래 폭풍이 불
어와 도심을 뒤덮고 있다. 기상청 관계자는 모래 폭풍이
계속되는 동안 시계 0 상태라며 주민들에게 대비하라고
당부했다.

이 스트레이트 기사의 단순 명료한 문장이 머릿속을
떠나지 않는다. 삶의 어떤 단계, 그것의 도래를 묘사하
는 글 같지 않은가.

2009. 3. 11.

、 그래 맞아, 당신이 분노하는 것은 삶의 불완전함에 민
감해서 그런 거야. 그 분노에는 죄가 없다.

2009. 6. 7.

﹨　　기생충을 향한 최대의 복수는, 기생충에 기생하는 것
이다.

﹨　　노인이 되면, 전보다 현명해지되 속은 좁아진다고 한
다. 위기감 때문이겠지.

2007. 4. 27.

일하는 법, 공부하는 법만 가르치는 곳은 많아도 쉬는 법을 가르치는 곳은 드물다. 내가 권하는 휴식법은 이것이다. 사소한 일에 큰 충격을 받은 척하는 것이다. "내가 즐겨 찾던 아이스크림 가게가 이사 가고 말았어!" 이렇게 소리치며 비탄에 잠기는 거다. 한 번도 좋아한 적이 없는 정치인에 대한 지지를 심각하게 철회하는 거다. "당신에게 절대로 투표하지 않겠소이다!" 이렇게 소리치며 단호한 포즈를 취하는 거다.

큰 근심이 없는 사람이나 사소한 일에 충격받는 법. 사소한 일에 큰 충격을 받은 척하면 뇌가 큰 근심이 없다고 착각하고 휴식을 취한다. 한번 해보라. 정말 효과 있다. 사람들이 재벌이나 연예인 걱정을 많이 하는 것도 다 자기 뇌를 쉬게 하고 싶어서 그러는지도 모른다.

＼ 잘못을 인정하고 사과하는 이유는, 자신의 잘못을 정
당화하기 위해 또 다른 잘못을 할까 봐….

2008. 8. 7.

＼ 좋은 가을날이고, 뜬금없는 강감찬축제를 뚫고, K 양과
J 군의 결혼식 주례를 서고 왔다. 결혼 생활에 외모가 얼
마나 무시할 수 없는 요소인지 재차 강조하고 왔다. 마
음씨만 강조하는 주례사의 위험을 지적하고 왔다.

2017. 10. 21.

추석에 대한 세 가지 단상

패티김은 나이가 들어도 멋있구나.

홍시와 곶감의 관계는, 꽃등심과 육포의 관계와 같다.

21세기에도 여전히 송편 속에 콩을 넣는 만행이 계속
되고 있다.

2010. 9. 18

약사여래藥師如來*에게 묻기를, 병이 낫는 쾌감을 느끼기 위해 병에 걸려도 되나요.

2018. 9. 23.

> *
> 열두 가지 서원誓願을 세워 중생의 질병 구제, 수명 연장, 재화 소멸, 의식 만족을 이루어주고, 중생을 바른길로 이끌어 깨달음을 얻게 하는 부처.

시시포스는 사실 퇴행을 즐긴 것은 아닐까. 퇴행하고 싶어서 열심히 돌을 굴려 올린 것이 아닐까. 능동적 도태, 자발적 퇴행이야말로 기쁨을 준다. 퇴행하기 위해 오늘도 전진한다. 퇴행만 꿈꿀 뿐 전진하지 않는다? 그때는 늙은 것이다.

2011. 5. 8.

`　나는 먼지 관찰자다. 먼지를 가만히 들여다보면 거기에 우주가 있다. 인간이란 이름의 깊은 먼지.

2013. 5. 1.

`　인구 감소가 그토록 문제인가. 호모사피엔스라면 인간 재생산 여부 정도는 선택할 수 있어야 하는 게 아닐까. 마찬가지 이유로, 삶을 양껏 누린 후에 오는 안락사를 지지한다. 안락사는 삶과의 안전 이별이다. 내가 생각해본 스위스 안락사 여행 광고문. '호모사피엔스기 이질도 헤내야지 않겠습니까!'

2016. 7. 4.

＼ 70년 가까이 사신 분이 "인생은 짧고 별것 없다"라고 하시길래, 세 친구에게 문자를 보냈다. "인생은 짧고 별것 없다는데, 정말 그런가?" 다음 세 통의 문자가 차례로 도착했다.

Y: 희로애락의 사슬이 많이 기다리고 있다.

K: 훌륭한 분이다.

L: 너는 직업병이 지나쳐. 졸리면 자고 배고프면 먹자꾸나.

2009. 2. 17.

＼ 요즘 너무 쉬는 일에 소홀한 것 같다. 날씨도 좋고 하니, 다른 데 한눈팔지 않고 좀 더 성심성의껏 쉬도록 하겠다.

2017. 5. 15.

＼　　나르시시스트는 자기 자신을 덕질하는 사람이다. 자신의 일거수일투족에 관심을 기울이고 자신과 함께 아파하고, 삼시 세끼 조공하고, 관련 행사에 빠지지 않고 참석해 울고 웃는다. 팬 미팅도 하고 팬클럽도 만든다. 혼자서.

＼　　가끔 멈추어 서서 자문할 필요가 있다. '나는 무엇을 감내하고 있나, 그리고 왜?'

분변적 상상력scatological imagination은 문명의 오만을 깨우치는 데 효과적이다. 침, 똥, 오줌이 더러운가? 조금 전까지 다 당신 안에 있던 것들이다. 지금 이 순간에도 당신 안에 있는 것들이다. 인간은 침이자, 똥이자, 오줌이다.

밥을 먹다가 어머니의 젊은 시절 이야기를 들었다. 제주도와 벌교에서 온 두 식모 이야기. 어머니는 왕십리의 셋집에서 신혼 생활을 보냈다. 그 셋집의 주인은 40대의 여성이었다. 당시로는 드물게 그 집에는 피아노가 있었고, 집주인이 치는 피아노 소리가 자주 흘러나왔다. 피아노 소리만큼 자주 흘러나오던 소리는, 집주인의 매질에 시달리는 그 집 식모들의 신음이었다.

세 들어 살던 그 시절, 어머니는 아이를 낳았고, 산후조리 기간에 주인집에서 일하던 식모에게 일손을 빌렸다. 일한 대가를 금전으로 주려고 하자, 집주인이 중간에 나서서 극구 주지 못하게 했다. 그래서 품삯을 제대로 주지 못한 것이 아직도 마음에 걸린다. 집주인은 종종 식모들에게 혹독한 매질을 하면서, 고향으로 내쫓아버리겠다고 위협했다. 그럴 때면 식모들은 고향에 돌아가서 조밥을 먹기는 싫다고 울부짖었다.

2010. 4. 15.

ヽ 개미지옥에서는 가만히 있는 것이 최선이다.

2009. 10. 6.

ヽ 다른 사람들에게 내 문제를 이야기하지 말라며? 그들
은 내가 문제가 있다는 사실에 기뻐할 뿐이라며? 함께
고민해주지 않으니까 이야기할 필요 없다며?
그러니 다른 사람들에게 자기 문제를 이야기해주는 것
은 어떤가. 다른 사람들을 기쁘게 하려고, 이타심에서.

2017. 7. 16.

＼　　직장은 내 존재의 일부에 불과하고, 또 그래야 한다고
생각해왔다. 가족은 내 존재의 일부에 불과하고, 또 그
래야 한다고 생각해왔다. 마음은 내 존재의 일부에 불
과하고, 또 그래야 한다고 생각해왔다.

2016. 9. 18.

＼　　사랑하는 사람에게만 사용하려고 아껴둔 애칭이 있다.
스프링롤. 내가 당신을 "나의 스프링롤"이라고 부르면,
그것은 당신을 아주 사랑한다는 뜻이다.
임무에 참고하시기 바랍니다.

＼   예속 상태에서 벗어나는 것이 곧 생계 수단을 잃는 것
    을 뜻한다면, 그에게 자유란 무엇인가.

2010. 3. 30.

＼   우리는 모두 과거의 실수와 싸우는 중이다.

겨울 단상

겨울이 오는 것은 겨울의 일,
겨울을 나는 것은 나의 일.

2016. 10. 30.

겨울이 되면 겨울잠을 자기 위해 로베르트 발저의 문장을 읽는다.

오늘까지의 내 삶은 돌이켜보면 내용 없이 텅 비었던 것 같고, 앞으로도 내용 없이 이대로 죽 전진하리라는 확신이 들면서, 단지 불가피한 활동만을 수행하며 그냥 잠든 채로 살라는 명령이 들리는 것 같다. 그래서 나는 그렇게 한다.*

> *
> 로베르트 발저, 〈헬블링 이야기〉, 《산책자》, 배수아 옮김, 한겨레출판, 2017, 34쪽.

2024.

겨울은 사람들이 "조용히 절박한 삶을 살아간다"라고 한 헨리 데이비드 소로의 말이 어울리는 계절. 사람은 계절과 무관하게 절박하지만, 겨울이 되면 말수가 준다.

아직 마흔이 되지 않은, 여섯 살 난 어린 딸을 둔, 졸업생이 전화했다. 총명해 수업 시간에 두각을 나타냈으며, 졸업식 때 졸업식사를 읽었던 학생. 삶의 새로운 챕터가 시작될 때마다 연락하던 학생.

암이 뇌로 전이되어 이제 길어야 2~3개월밖에 살 수 없다고. 임상 결과가 없는 신약이나마 마지막으로 써보기는 할 거라고. 작별 인사를 드리고 싶어서 전화했다고. 돌이켜보니 대학 시절이 너무 재밌고 좋았다고. 어린 딸에게 엄마가 처한 상황을 이제 사실대로 이야기할 거라고.

나는 위로에 서투르다. 그저 들어주는 일이 위로가 되길 바랄 뿐.

2024. 5. 25.

＼　　어떤 인간은 개를 먹어도, 어떤 개는 인간보다 행복하다.

2016. 6. 18.

＼　　오늘은 재의 수요일이다. 부활이 없다면 남는 것은 재
뿐이다.

2017. 3. 1.

﹅   잘 먹고 플랭크를 하니까, 배로 가던 살들이 길을 잃고
온몸에서 방황하는 것 같다.

2017. 12. 15.

﹅   언제까지나 널 좌시하겠어. 너=해야 하는 일들.

2013. 11. 27.

＼   많은 순간이 고통스럽지만, 그간 열심히 고쳐왔다고 생각하던 자기 단점을 다시 발견할 때 특히 그렇다.

＼   인생의 절반은 행복한 사람과 불행한 사람 사이에 아무런 차이가 없다고, 아리스토텔레스는 말한 바 있다. 왜냐? 인생의 절반, 우리는 수면을 취하니까. 그렇다면, 수면제는 불행한 이들에게나 필요하다. 행복한 이들은 불면이 두렵지 않을 것이므로.

2008. 8. 11.

＼　목도리 잃어버렸다고 목도리 수호신이신 목도리도마
　　뱀에게 기도했다. 제 목을 돌려주세요.

＼　기성세대는 사회의 혈전이 되면 안 된다.
　　그러나 앞에 앉은 사내가 술을 따르며 말했다. "이게
　　내가 원한 50대는 아니었지."

2016. 3. 22.

、　과대평가는 결국 상대를 망친다. 누군가를 꼭 협박해
　야 한다면, 이렇게 말하라. "자꾸 그러면 당신을 과대평
　가해버릴 거야."

、　자신의 한계를 직시하는 두려움과 어떤 보답도 바라지
　않는 외로움에 대해서 생각한다.

2015. 12. 7.

＼ 　성사聖事를 집전하는 종교 시설에 앉아 있어도 큰 울림
은 없다. 그러나 나는 나를 일부로 하되 나보다 큰 어떤
것이 있다고 느낀다. 그 점에서 나는 종교적이다.

2007. 5. 25.

＼ 　나는 12월 1일이 도래하리라고 예측한 바 있다. 모든
일이 예측대로군.

2013. 12. 1.

〻   Y 선생님은 눈 오는 날이나 비 오는 날을 좋아한다. 주
관이 이처럼 날뛰는 세상에, 눈과 비로 여러 사람이 비
로소 뭔가 공유할 차원을 갖게 되므로.

2008. 8. 27.

〻   발등에 불이 떨어지면, 불을 꺼야 하는데, 떨어진 불로
추위를 피하려다가 화상을 입는 이들이 있다.

﹨   감기가 너무 오래가서 운동을 제대로 못하고 있다⋯. 한 달이 넘도록 방치한 몸 상태가 말이 아니다. 얼마 전 타계한 장 보드리야르는 말한 바 있다. 디즈니랜드는 '실제의' 나라, '실제의' 미국 전체가 디즈니랜드라는 사실을 감추기 위해 거기 있다고. 나의 뱃살은 나의 몸 전체가⋯.

2007. 4. 26.

﹨   야구연맹 총재가 되기 위해 타석에 들어서는 타자는 없다. 타자의 꿈은 두 가지다. 장외 홈런을 쳐서 구장을 보다 크게 새로 짓게 만드는 것, 혹은 유니폼을 벗고 자기 스스로 날아가는 공이 되는 것.

2009. 9. 22.

﹨   애인에게 다이어트를 요구하는 심리를 이해할 수 없다. 살찔수록, 사랑하는 존재가 물리적으로 늘어나는 게 아닌가.

﹨   목련과 작약은 모두 큰 꽃잎을 눈물처럼 떨구며 진다. 목련과 달리 작약은 낙하하며 자신을 쉽게 더럽히지 않는다. 필멸자로서 인간은 작약에게 낙법을 배워야 하지 않겠나.

，　사람이 희로애락에 휩싸이면, 정보도 왜곡해서 받아들이는 법이다.

2019. 7. 3.

，　인정 투쟁을 남하고만 하나. 자기 안에서 자기끼리도 한다. 나는 나의 반면교사요, 타산지석이다.

한 해의 마지막 날. 휴일 복도 끝에서 울려 퍼지는 호른 연주 연습 소리와 같은 평화가 깃들기를 기원한다.

2008. 12. 31.

한 해가 간다는데, 왜 이렇게 마음은 늙지 않는 거냐. 왜 재가 되지 않는 거냐.

2010. 12. 31.

좋은 가을날, 혼자 있는 나는 당신을 생각해.

2011. 9. 5.

따뜻한 장화 속에 들어간 고양이처럼, 이불 속에서 탐사선이 보내온 무심한 우주를 생각해본다. 한 해를 보내는 우리의 자세.

2013. 12. 31.

＼　　사람 대부분은 자신에게 돌아가지 못하고, 자신의 근

처를 서성거리다 죽는다.

＼　　제 누추한 이야기를

완성할 시간을

신께서 허여하기를

간구하노니.

2010. 10. 5.

글을 읽다 보면 마음을 가리키는 다양한 비유를 만난다. 마음은 때로 무엇을 비추는 거울이며, 갈아야 할 밭이기도 하고, 흐르는 물이기도 하다.

오늘, 마음의 비유를 묻는다면, "매립지"라고 대답하겠다. 시간이 지나면, 묻은 많은 것이 썩으리라. 형체도 없으리라. 그래도 빛을 발하고 있다면, 당신에게 돌려주겠다.

2007. 10. 5.

2부

머리가

머문

곳

＼　　삶을 오리무중이라고 보면, 가장 적절한 직업은 탐색

하는 자, 공부하는 자다.

대답하기만큼 어려운 것이 질문하기다. 질문을 잘하기 위해서는, 자신이 어떤 질문을 하고 있는지 명료히 알아야 한다. 구체적 대답이 가능한 질문을 하고 있는지, 아니면 대답이 불가능한 수사적 질문을 하고 있는지, 그것도 아니면 질문 자체가 곧 대답이 되는 질문을 하고 있는지. 첫째는 연구자들이 하고, 둘째는 정치인들이 하고, 셋째는 선사禪師들이 한다.

새 학기가 시작되었다. 서양미술사의 지식을 가지고 유럽 여행을 하는 것과 아무런 지식 없이 유럽 여행을 하는 것은 매우 다르다고, 인생이라는 여행을 할 때도 마찬가지라고, 배움을 벗하여 인생을 통과하는 일은 다르다고, 그런데 여행이란 시작이 있었으니 결국 언젠가는 끝나게 된다고, 수업 첫 시간에 말해주고 싶었는데, 말하지 못했다.

2010. 9. 3.

、　　성장이란 허장성세와 근거 없는 희망과 비문으로 점철
된 자신을 첨삭해가는 과정이다.

、　　졸업을 앞둔 학생들이 내게 물었다. "졸업하는 저희를
위해 한 말씀 해주세요." 솔직하게 대답했다. "여러분은
이제 'X' 된 거야." (열정과 실력과 행운 없이는)

2010. 3. 11.

﹨ 책을 읽고 영화를 보는 건 삶을 더 잘 누리기 위해서다. 허겁지겁 살 때 채 누리지 못한 삶의 질감을 느끼기 위해서다. 삶의 깊은 쾌락은 삶의 질감을 음미하는 데서 온다. 그러니 공부가 어찌 쾌락이 아닐 수 있겠는가.

﹨ (예전에도 그러했겠지만) 오늘날 뛰어난 예술은 술 퍼먹고 기행을 일삼는 이들에게서 나오기보다는, 명징한 정신을 유지하고 지적 정확함을 추구하는 자기 단련의 족속들에게서 나온다. 예술도 그러할진대, 학문은 더 말할 것도 없다.

2014. 10. 12.

﹨ 부재不在의 형태로만 존재하는 것들이 있다. 그 사실을 인정하느냐에 따라 세상에 대한 독해력이 달라진다. 침묵의 형태로만 존재하는 주장들이 있다. 그 사실을 인정하느냐에 따라 텍스트에 대한 독해력이 달라진다.

2007. 5. 4.

﹨ "젊은 날 난봉꾼이었으나." 인생의 공空을 깨닫기 전에 대개 이 과정을 거치는 거 같더라…. 너무 어려운 첫 번째 관문 아닌가.

2018. 6. 27.

＼　학생 시절에 제대로 배우지 못하면, 나중엔 약도 없다.
배우는 사람은 배우는 사람대로 자신이 지금 제대로
된 교육을 받고 있나 전전긍긍할 필요가 있다. 그리고
가르치는 사람은 제대로 가르치고 있는지 전전긍긍할
필요가 있다.

2012. 2. 2.

＼　감식안은 중요하다. 학생들은 노화가 본격적으로 시작
되기 전에, 감식안을 익혀줄 선생을 찾아야 한다.

2014. 12. 4.

＼　육체적 직립보행이 그러한 것처럼, 정신적 직립보행을
　위해서는 정말 많은 것이 필요하다.

＼　정치인들이, 칼럼니스트들이, 마케터들이, 기획자들
　이, 관료들이 그리고 조갈증에 시달리는 사람들이 인
　문학을 찾고 있다. 인문학은 어딘가에 잘 피신해서 살
　아 있기 바란다.

2014. 8. 6.

＼   이 아수라장에서 그나마 아수라가 되다 말 수 있는 길
은 학문과 예술인가, 그런가?

2011. 9. 16.

＼   조선 시대 사상계를 풍미한 성리학의 놀라운 점은, 인
간이 감정을 선택하는 존재가 될 수 있다고 약속한다
는 사실이다. 감정에 휘둘리는 존재가 아니라 감정을
선택하는 존재. 보다 정확히 말하면, 그냥 감정을 취사
선택하는 것이 아니라 제대로 된 감정을 느끼는 존재
가 될 수 있다고 약속한다. 실로 계몽의 끝판왕이다.

＼　모 정치인이 내게 물었다. "우리나라 정치를 바꾸려면 어떻게 해야 할까요?"

이렇게 대답했다. "정치 언어를 바꾸시지요."

말은 그렇게 했지만, 이 세상의 언어를 바꾸는 일은 쉽지 않다.

대충 한다는 뜻을 가진 "수박 겉 핥기"라는 표현을 바꾸고 싶다? 수박 겉을 오랫동안 핥아서 속까지 이르러야 한다. 혀가 닳도록 핥아야 한다. 그제야 사람들은 대충 한다는 뜻으로 "수박 겉 핥기"라는 말을 쓰지 않을 깃이다,

＼　권력자란, 누군가가 무언가를 (그걸 하기 싫어도) 하게 하는 사람이겠지.

하기 싫은 걸 안 해도 되기 위해 그간 열심히 살아왔다.

그러니까 하기 싫은 건 안 할 거야.

2017. 7. 9.

＼　이른바 내로남불. 내가 하면 로맨스요, 남이 하면 불륜.
객관화가 지나치면, 내가 하면 불륜이요, 남이 하면 로
맨스라고 보는 이른바 내불남로 상태에 도달한다. 정
치 지도자들은 내불남로를 지향할 일이다.

＼　앞으로는 찍을 가치가 있는 후보가 있을 때만 선거를
치르고, 없을 때는 거북점을 치거나 신의 계시에 맡기
기로 하자.

2014. 6. 4.

Q: 왜 이렇게 늘 읽고만 있는 거죠? 왜 정리해서 발표하고, 사회로 나아가지 않는 거죠?

A: 이렇게 해야, 사회와 무관하지만 아주 유식한 상태로 죽을 수 있거든.

2014. 4. 26.

학문의 길을 가고 싶으나 그 길이 멀고 위험해 보여, 위험을 분산하기 위해 다른 일에도 동시에 손대는 것은 공부를 시작해보려는 이들이 흔히 취하는 위험 분산 전략이다. 그러나 많은 경우 학문의 길은 그런 전략상의 여유를 허락하지 않는다는 데 딜레마가 있다. 따라서 이 딜레마를 하찮게 만들 정도의 결기, 훈련, 격려가 필요하다.

2015. 2. 20.

\ 너희가 고통을 사랑하느냐. 적성을 찾는다는 것은 자기가 좋아하는 괴로움의 종류를 찾는다는 것이다.

\ 비판적인 것과 시니컬한 것은 다르다. 얼마든지 삶을 비판적으로 사랑할 수 있다. 노예가 족쇄를 사랑하듯 삶을 사랑할 필요는 없다.

＼ 졸업 사진 찍는다기에, 다녀왔다. 학생들의 화장(혹은 변장)이 너무 짙어, 누가 누군지 알아보기 힘들었다. 졸업 사진으로 그들을 추억하기는 쉽지 않을 것 같다. 사진은 더 이상 기록이 아니다.

2010. 10. 6.

＼ "법학 전공서에 둘러싸여 하루를 보내고 나면 전공과 무관한 책 한 권 읽을 시간도 잘 나지 않고요. 이럴 때면 학부에서 법학을 전공하지 않은 게 다행스럽게 느껴지는데 (제 생각을 말해도 틀린 게 아니라 다른 게 되는 공부를 할 수 있어서, 하게 해주셔서 정말 좋았어요) (…) 열정이 생기지 않는 공부를 하자면 체력도 두 배로 소모되는지 몸이 쉽게 지치고 늘어지기도 해요. 잠깐 몸과 마음의 환기가 필요하다는 생각을 하다 선생님 그리고 함께했던 수업이 떠올랐던 건데…. 결국은 주절주절 푸념 늘어놓기에 이르고 말았어요." 먼 곳에서 위로를 구하는 말들에서, 나도 위로를 구하네.

2010. 11. 11.

＼　　　모던이라니. 포스트모던이라니. 아직 중세다. 은총이
　　　　필요하다.

＼　　　한국형 의사 결정의 핵심은 결국 '생난리'가 아닐까. 논
　　　　리적 토론은 실로 희귀하다. 많은 이가 생난리를 쳐서
　　　　자기 뜻을 관철한다. 살면서 배웠겠지. 이게 지름길이
　　　　라고.

입시나 고시 공부에 인생의 전부를 바치는 사람은 불행해지기 쉽다. 합격을 못 하면 자존감을 유지하기 어려워서 불행해진다. 합격을 했다고 행복해질까? 어떤 좋은 결과도 오랫동안 만족감을 주지 않는다. 자신이 고생한 시간에 비해 보상이 부족하다고 느끼면, 엉뚱한 데서 보상을 찾기 시작한다. 이제 그의 개인적 불행은 사회적 불행이 되기 시작한다.

2007. 9. 28.

세상에는 엉터리가 많고, 생은 유한하며, 마음은 가난하다. 그래도 가야 할 길을 가는 것이다.

2016. 3. 4.

    영화감독 아네스 바르다는 "내가 가진 것은 세계다. 커리어가 아니다"라는 취지의 말을 한 적이 있다. 그렇다. 그래서 학문과 예술을 향유하는 것이다. 자신의 삶을 커리어로 환원하지 않기 위해서. 자신이 가꾸어온 세계와 더불어 살고 더불어 죽기 위해서.

    칭얼거리는 것은 토론이 아니다. 토론하거나 논평할 때는 상대방 주장을 정면으로 마주하는 것이야말로 예의 바른 태도다. 그렇다고 공격적인aggressive 것과 예리한sharp 것을 혼동해서는 안 된다. 그 둘은 아주 다르다.

2007. 4. 29.

＼ 삶은 끝이 있는데, 공부는 끝이 없다는 사실을 새삼 확
인할 때, 웃어야 할지 울어야 할지 잘 모르겠다.

2012. 1. 2.

＼ 버들골에서 치맥을 먹는 학생들을 보며,
제기시장에서 (사료로나 쓴다는) 닭 내장을 안주로 소주
를 먹던 대학 시절을 기억한다.
그때 우리가 모두 닭 내장을 사랑하지 않았느냐.

2013. 4. 29.

학문하는 이들은 모름지기 동시대 최고의 것 그리고 고전을 찾아 읽겠다는 마음을 지녀야 한다. 그렇지 않은 것들은, 읽는 이의 지성을 쇠퇴시킬지 모른다. 특히 읽으면 읽을수록, 뭔가 알았다는 착각을 주는 동시에 사람의 머리를 나쁘게 만드는 부류의 것들이 있다. 그런 문건에서는 자료만 취하면 된다.

2013. 8. 6.

오랜만에 만난 대학 동창 몇몇이 요즘 뭐하냐고 묻길래, 진리를 탐구하는 중이라고 대답했다. 그것은 "어제 뭐 먹었어"라는 질문에 대해 "영성체"라고 대답하는 일과 같은 것이었다.

2015. 3. 1.

도미니크 로로는 《심플하게 산다》에서 이렇게 말했다. "시시한 물건을 가지고 사는 것보다는 좋은 물건을 갖고 싶다는 꿈을 품고 사는 게 더 낫다. 그리고 비싸다고 좋은 물건인 것은 아니다. (…) 좋은 물건을 경험한 사람은 보잘것없는 물건에는 더 이상 만족하지 못한다. 그러나 소비 사회에서는 사람들이 좋은 물건을 경험하는 일이 점점 줄어들고 있다. 대량 생산과 대량 소비의 시대에 우리는 물건에 내재한 품질을 보고 판단하는 능력을 잃어버렸다."* 공부도 마찬가지지, 말과 글이 홍수를 이루는 이 시대에는 특히 그렇다.

도미니크 로로, 《심플하게 산다》, 김성회 옮김, 바다출판사, 2014, 46~47쪽.

2013. 1. 6.

가 벼 운 _ 고 백

﹨ 당신의 갑옷은 스펙이 아니라 실력이다. 수익을 당연하게 여기는 태도는 주가가 큰 폭으로 하락하면 확실히 치유된다고 피터 린치는 말했다. 학벌이 좋다는 이유로 대접받겠다는 태도는 학벌의 가치가 큰 폭으로 하락하면 확실히 치유된다.

ヽ 그는 10년 동안 뒷걸음질을 통해 앞으로 나아가려 했
   지만 결국 실패했다. 반면교사로 삼아야 한다.

ヽ 사람들이 치성드리러 온다는 제주도의 거대한 팽나무
   앞에서 벌어진 상황.
   팽나무를 그윽하게 바라보며 말했다. "K 조교가 공부
   열심히 하게 해주세요…."
   듣고 있던 K 조교의 반응. "…무서워…."

2020. 11. 2.

학생들하고 저녁을 먹거나 술을 마시면, 1차만 하고 곧바로 일어난다. 선생님들이나 동료들에게 그렇게 배웠다. 오래 남아 있어 학생들에게 부담을 주지 말라고.

금요일 저녁에 우리는 상암동에서 술과 저녁을 먹었고, 늘 그렇듯 나는 떠나기 위해 일어났다. 더 있다가 가라고, 함께 2차를 가자고, (예의상?) 만류하는 학생들에게 "자리에서 일어나야 한다고 배웠다"라고 말하고 택시를 탔다. 떠나는 택시에 대고 그들이 소리 질렀다. "잘못 배우신 거예요!"

이 이야기가 뭐라고, 위로가 되네.

2018. 4. 22.

비교적 시간이 많던 어린 시절에는 좋은 책을 읽고 싶어도 무엇을 어떻게 해야 할지 잘 몰라서 서점을 헤매었던 기억이 난다. 문학작품은 홀로 난독해도 그 나름 도움이 될지 모르지만, 다른 분야 책들은 다르다. 적절한 가이드 없이는 시간과 정력을 무의미하게 낭비하기 십상이다. 가능하면 이른 나이에 그와 같은 가이드가 존재하는 장에서 책을 많이 읽을 행운이 필요하다. 훈련을 요구하지 않는 가이드는 대개 사기꾼이다.

2013. 11. 2.

＼　오늘 졸업생 디저트 모임에서 출간 예정인 《논어》에 세이집의 제목 추천을 받았다. 그들이 추천한 제목들은 다음과 같다.

꿀논어

논어잼

아가멤논어

논어부지리

논어거지

논어물쩡

논어글리

논어질러

논어덮밥

논어주세요(나눠주세요)

가장 마음에 들었던 것은 "아가멤논어(아가멤논+논어)"였다. 동서 고전의 종합판이랄까. 물론 출판사에서는 받아들이지 않겠지만.*

* 책 제목은 《우리가 간신히 희망할 수 있는 것》으로 결정되었다.

2019. 9. 22.

미국에서 있던 일이다. 베이컨 치즈버거에 베이컨이 빠졌다며 고객이 총을 쏘아서 체포되었다. 변호사가 그 고객을 변호했다. "그녀는 아주 많이, 정말 많이 화가 난 겁니다. 왜냐하면 햄버거에 베이컨이 없었으니까요."

이 기사를 읽고 계속 입속에서 말들이 맴돌았다. 그(녀)는 아주 많이, 정말 많이 화가 난 겁니다. 왜냐하면 연구에 베이컨이 없었으니까요. 학교에 베이컨이 없었으니까요. 남북 관계에 베이컨이 없었으니까요. 국제 사회에 베이컨이 없었으니까요. 삶에 베이컨이 없었으니까요. 입학식 축사에 베이컨이 없었으니까요….

2015. 4. 3.

대학 단상

교수라는 이름의 질병에 걸린 사람이 많다.

2013. 10. 1.

'진리'에 대한 열망과 겸손이 사라진 교수들을 조심해야 한다. '진리'가 있던 자리에 무엇을 대신 가져다 놓을지 모른다. 후대의 불안과 전대의 노욕을 이용해서.

2015. 1. 4.

논문 심사장에 논문 안 읽고 들어오는 교수들은 어두운 동굴에 들어가서 마늘과 쑥을 먹기 바란다.

2016. 6. 16.

"'교수가 집을 살 때! 그때가 가장 고점이다. 교수가 증권가에 보이면! 그때가 끝물'이란 말을 오늘 들었다"라는 문장을 읽었는데, 이 정도면 교수가 꽤 중요한 지표 역할을 하는 것 같기도.
세계대전 당시 잠수함 수병들은 잠수함에 토끼를 데리고 탔다는 설이 있었지. 심해에서 작전을 수행하다가 토끼가 숨을 헐떡이기 시작하면 그걸 지표로 사용했다고. …아, 이건 관계없는 얘기구나.

2022. 7. 28.

동료 교수 S가 "대학은 왜 유능한 학자 집단이 되지 못하고 무능한 관료 집단이 되는가"라고 한탄하자, 동료 교수 L이 "대학은 왜 유능한 학자 집단이 되지 못하고 무능하고 부패한 관료 집단이 되는가"라고 정정했다.

2024. 6. 12.

＼　어떤 참사는 가시적 형태를 띠지 않는다. 세월호를 계기로 지식인들이 쏟아내는 글을 보면, 그들의 세계도 세월호임을 알 수 있다. 다만 내가 직업상 속한 이 업계에선 참사가 쉽게 알아볼 수 있는 가시적 형태를 띠지 않을 뿐.

2014. 5. 3.

＼　초심初心 같은 것은 존재하지 않을지도 모른다. 그러나 종종 초심을 말해야 할 때가 있다. 깊은 성찰 없이 건국한 나라도 건국 정신을 말해야 할 때가 있듯. 제발 초심이 있었다고 이야기해주게. 다만 지금은 기억이 나지 않을 뿐이라고.

2008. 7. 16.

총리 후보자로 거론되던 이가 설화에 휩싸였다. 그는 이렇게 말했다. "'하나님은 왜 이 나라를 일본한테 당하게 식민지로 만들었습니까'라고 우리가 항의할 수 있겠지요, 속으로. 거기에 하나님의 뜻이 있는 거야. '너희는 이조 500년을 허송세월로 보낸 민족이다. 너희는 시련이 필요하다.'"

더위를 식히며 가을 학기 수업 계획서를 만들면서 나도 중얼거린다. "'선생님은 왜 이렇게 읽을거리를 많이 내주시는 거야'라고 항의할 수 있겠지요, 속으로. 거기에 신생님의 뜻이 있는 거야 '너희는 개들이 더위로 허덕일 때 팥빙수를 먹으며 방학을 즐긴 포유류들이다. 너희는 시련이 필요하다.'"

2014. 8. 1.

꙼　　인간은 선을 행할 정도로 혹은 악을 행할 정도로 대단

하지 않다.

꙼　　권력자가 지나치게 설치거든 나직하게 중얼거려라. 세

계는 당신 것인지 몰라도 삶만큼은 내 것이다.

﹨　　신념이 가득한 바보들이 모여 조기 축구회를 결성한다
　　고 해서 공동체가 생기는 것은 아니다. 어쩌면 현대에
　　공동체를 바라는 것은 과욕인지 모른다. '공동체'보다
　　는 '공존체' 정도가 어떤가?

﹨　　일본에 와서 다시 술을 마시기 시작했다. 연이틀 시로
　　카네다이*에서 술을 마시면서 생각한다. 살면서 행과
　　불행이 있었는데, 후생을 가르치 　　*
　　는 직업을 갖게 된 것은 행에 속 　　도쿄 미나토구에 있
　　　　　　　　　　　　　　　　　　는 지역명.
　　한다고.

2009. 9. 10.

ヽ   공부는 한가할 때가 아니라 바쁠 때 하는 거다. 그리고

공부는 바쁠 때 더 잘된다.

2007. 7. 9.

ヽ   "서울대에 위장 취업한 자유인"이라는 말을 들었다.

2022. 7. 1.

며칠 동안 마음 한구석에서 그의 '시간'이 떠나지 않는다. 문수 스님은 지난 3년 동안 지보사에서 문밖을 나서지 않는 이른바 무문관식의 정진을 해오다가, 문을 나서서 곧바로 소신공양을 하러 갔다고 한다. 3년 만에 문밖을 나선 그 순간부터 스스로의 육신에 불을 붙이기까지 그 짧은 '시간'의 밀도와 질감을 상상한다. 며칠째 내 마음 한구석은 상상한다.

2010. 6. 5.

＼   인터넷 서점에서 책을 정신없이 주워 담고 있는데, 책
이 내게 물었다. "넌 날 왜 사는가."

2017. 11. 30.

＼   운신을 편하게 하려고 그간 모은 책들을 버리거나, 주
거나, 파일로 엮는 식으로 대거 정리 중. 한때 가졌던
그리고 지금도 있을지 모르는 부질없는 편향, 안목, 야
심, 고집, 망각, 상처, 낙서, 메모, 계획, 꿈 등이 보이네.
다 갖다 버려야지.

2022. 4. 20.

﹨　사람 대부분은 관심을 원하고, 인간의 관심은 한정 자원이다. 그러니 여기에도 수요와 공급이 있고, 권위적 자원 배분이 있다. 경제와 정치가 있다.

﹨　오늘날 정계는 무대이며, 정치는 쇼다. 정치인에게 쇼 한다고 비난하는 것은 연체동물에게 뼈 때리는 비판을 하는 것과 같다. 차라리, 개그맨에게 "웃기고 있네"라고 비난하는 게 낫다.

＼　　아이들은 뛰어나다. 다만 방치될 뿐이다.

2007. 9. 18.

＼　　청중이 졸면 강연자는 상처받는다. 청중의 상상보다
더 상처받는다. 그러나 강연 시작하기 전부터 졸고 있
으면 상처받지 않는다(그것은 강연자의 책임이 아니니
까!). 가능하면 강연 시작하기 전부터 졸기 바란다.

`   학술 대회에 다녀왔다. 쇼는 언제 끝나는가.

2007. 6. 2.

`   중세철학의 특징은 신의 존재를 '증명'하려 들었다는
데 있다. 신을 느끼거나 숭배하는 일에 그치지 않고 그
존재를 증명하려 들다니. 21세기식 신의 존재 증명은
다음과 같다. 인간이 이렇게 한심한데, 인간 이상의 존
재가 없을 리 만무하다.

2007. 5. 27.

＼　　인류의 미래를 예측해보라고 하면 이렇게 말할 수 있
다. 사람들은 점점 더 오래 살게 되지만, 출산율은 줄어
들 것이다. 그리고 자신의 삶을 통제할 수 있는 기제(이
를테면 사무라이의 할복 같은 것)는 어떤 식으로든 제도화
될 것이다.

2013. 1. 14.

＼　　정치의 문제는 어쩌면 간단하다. 무임승차자와 화전민
을 어찌할 것인가.

2015. 5. 7.

＼   어둠 속에서 학생들의 모의국회를 지켜보았다. 내가
    사실 젊은 학생들에게 원했던 것은, 적당히 절충하는
    모습이 아니었다. 갈 만큼 가고, 갈 데까지 가고, 그러
    고도 더 가버리는 모습이었다.

                                            2012. 11. 7.

＼   어제 술자리의 요약.
    C 군이 행복이란 네스호의 괴물 같은 것이라고 주장하자,
    T 양이 행복은 네스호의 괴물이 아니라 네스호 같은
    것이라는 쉬시도 빈빅했디.

                                            2012. 6. 21.

수업 단상

한 학기 수업이 끝났다. 개선할 점에 대한 지적도 물론 있었지만, 칭찬과 감사의 표현도 있었다. "평상시 교수님을 뵐 때 너무 심각한 표정이셔서 수업 때와 많이 달라 조금 놀랐습니다." "수업이 힘들어도 '하기 싫다'는 기분은 단 한 번도 들지 않았던 신기한 수업."

2008. 12. 22.

오늘 드디어 종강이다. 지금부터 쉬는 법을 공부하기로 하자.

2015. 6. 12.

이번 학기 강의 평가. "너무 할 게 많아요. 솔직히 3학점 말이 안 되는 것 같아요. 9학점으로 바꿔주세요." 그런가. 대찬성임. 그러면 나도 적게 강의할 수 있어서 개이득.

2016. 7. 2.

학기가 끝나면, 어떤 학생은 선생에게 길고 정갈한 편지를 쓴다. 당신은 아직 살아 있어도 된다는 내용의 편지를. "다소 두서없는 인사였지만 제 진심이 전달되기를 바랄게요. (…) 더운 여름 건강 유의하세요!"

2022. 6. 22.

ㆍ　구름 아래를 날 것이냐. 구름 속을 날 것이냐. 구름 위를 날 것이냐. 구름 아래에서는 비를 맞아야 하고, 구름 속에서는 시계가 흐리지만, 구름 위에서는 날씨에 상관없이 자유롭다.

ㆍ　연구실을 보다 넓은 곳으로 옮겼다. 이곳에서 연구도 하고 연구 안 하기도 할 거야. 둘 다 할 거야. 뭘 할지 고민하지 않아.

2016. 3. 26.

＼   마감이 10월 21일인데, 마감을 10월 20일까지 연장해

줄 수 없냐고 요청하는 이메일을 학생에게 받았다.

역시, 가르치는 일은 어렵다.

2016. 10. 16.

＼   입시를 위한 공부, 부과된 공부, 연구비를 위한 연구비

에 의한 연구비의 공부, 발주된 프로젝트 따위에는 에

로스가 없다. 그런 공부에는 지적 성욕을 느낄 수 없다.

2007. 7. 29.

ヽ　학자는 두 유형으로 나눌 수 있다. 진리의 장엄함에 대

한 경의를 가진 학자와 그렇지 않은 학자.

2009. 10. 22.

　ヽ　학자는 자신의 분야가 사유를 연마하는 분야thinking

discipline라고 불릴 자격이 있는지 자문해야 한다. 입에

걸리는 대로 아무 말이나 하는 분야나, 자료 수집에 불

과한 분야는 사유의 훈련장이 아니다.

2012. 2. 10.

＼   오늘 인터뷰에서 듣기 좋았던 말.

"글에 비문이 없어요. 어디서 훈련받으셨어요? 학생들에게도 이렇게 시키나요?"

2018. 10. 1.

＼   마침내 평생 읽을 책을 다 산 거 같다. 내일부터는 내세에 읽을 책을 사기 시작해야겠다.

2013. 8. 29.

ꞏ 이 직업을 유지하는 한, 학생들에 대한 최소한의 신뢰를 포기하지 않는 일은 중요하다.

그런데 그것도 노력 없이 되지 않는다.

2016. 9. 13.

ꞏ Y: 어제 꿈에 홀연히 선생님이 나와 오랜만에 이메일을 씁니다. 꿈에 선생님께서 바둑하는 이가 돌을 던지듯 펜을 던지시며 교수직을 그만두고 이젠 영화를 만들 때가 되었다며 영화감독으로 전직하시는 꿈을 꾸었습니다.

K: 용하네요. 아닌 게 아니라 지난주에 학교에 사표를 냈습니다…는 다 개뻥이고 여전한 일상을 보내고 있습니다. 내년 여름부터는 연구년이니 세계 일주하면서 연구하고 싶습니다.

2015. 11. 18.

＼ 입대하면 훈련 기간에 책은 읽을 수 없고 편지만 읽을 수 있다.* 며칠 후 입대하는 C 군은 공부 자료를 다섯 페이지씩 출력해 편지로 계속 보내달라고 친구에게 부탁했다. 훈련 기간에도 공부를 계속하려고. 이 세대는 무언가 흔적을 남길 수 있기를 기대한다.

> * 2024년 6월 기준, 책 소량이 반입 허용됨.

2016. 2. 28.

＼ 한국의 정체성과 향방에 대한 지적 갈증이 사회에 가득하다. 그런 만큼 예언자인 양 행세하며 한탕을 하려는 '업자'들도 몰려들겠지.

2018. 5. 9.

＼　인간이 지옥의 피조물인 줄도 모르고. 바보 같은 조물주.

2016. 10. 18.

＼　경기도 포천의 한 박물관에서 김연아 선수가 먹다 남
긴 한과를 전시한 사실이 신문에 났다. 이렇게 되면, 삼
대 세습 비판하기가 쉽지 않아질 텐데…. (게다가 다 못
먹고 남겼다잖아…)

2010. 10. 23.

절대악絶對惡을 설정하고 정치 담론하는 사람들을 경계할 필요가 있다. 그들은 대개 자신을 절대선絶對善의 위치에 놓고 가짜 약을 판다. 자칫 속아서 가짜 약을 먹고, 몸과 마음을 다치기 쉽다.

2010. 5. 11.

역사를 제대로 알려주지 않으니, 현 상황에 대해 난독증이 생기겠지.

이 나라 밖에 대해 제대로 알려주지 않으니, 이 나라의 상황이 제대로 보이지 않겠지.

살날이 많이 남은 이들은 부디 한국과 외국을, 과거와 현재를 부지런히 드나들길.

2015. 5. 31.

＼ 　조언을 해주어도 받아들이지 않는다. 조언과 직면하기보다는 자기 편한 대로 해석한다. 관성대로 움직인다. 결국 말아먹는다. 답이 없다…. 이 직업에 있으면서 흔히 보는 반복된 패턴이다.

2015. 6. 28.

＼ 　한국에 돌아와 가르치던 커리어 초반기. "개강이 다가오면 기쁘지 않나요? 학생들을 만날 수 있으니"라고 선배 교수에게 청순하게 말하자, 그분이 동공 지진을 일으켰다. (알고 보니, 돌아이를 뽑았구나!) 아직도 기억에 선연하다.

2022. 8. 30.

＼ 주어진 텍스트 혹은 현상을 오롯이 재서술하는 능력
자체가 이 우주에 부족함을 절감한다. 생각의 시작과
끝은 재서술이다.

2012. 12. 20.

ᐟ 당근과 채찍. 당근을 먹이고 채찍을 휘둘러야지, 당근을 휘두르고 채찍을 먹여서는 안 된다. 휘두르는 당근에 맞아 생긴 멍은 쉽게 가시지 않는다.

2010. 9. 30.

ᐟ 자의적 판단을 보완하기 위해서는 관료제가 필요하다. 관료제를 보완하기 위해서는 규정에 얽매이지 않는 사려 깊은 판단이 필요하다. 그런데 많은 이가 자의적 판단을 사려 깊은 판단이라고 착각한다.

2009. 10. 18.

언젠가 읽기를 기다려온 학술서는 이런 종류의 것이다. 첫째, 학술서답게 황당한 이야기 말고 타당성을 따질 수 있는 주장을 담을 것. 둘째, 기존 논의를 요령 있게 종합할 것. 셋째, 새로운 주장을 할 것. 넷째, 방법론적으로 세련될 것. 다섯째, 난삽한 비문을 남발하지 말고 가독성 있는 문장을 구사할 것. 여섯째, 역사성과 당대성을 함께 갖출 것. 일곱째, 비전공자가 읽어도 재미있을 것. 여덟째, 다음 책이 기대될 것. 아홉째, 이상의 요건을 갖추되 한국에 대한 책일 것. 열째, 한국에 대한 책이지만, 한국학 전공자가 아니어도 충분히 흥미를 느낄 만할 것(외국에 대한 책은 이미 많이 읽었으므로).

＼　늘 메모할 준비를 해야 한다. 상념은 고라니처럼 튀어
　나온다.

＼　IS에 투신했다고 추정되는 실종된 김 군은 여러모로
　흥미롭다. 그가 나중에 IS 간부가 되어 돌아오는 장면
　을 상상하다가, 조선 시대에 중국으로 끌려간 노비와
　내시들이 황제의 관리가 되어 다시 조선에 돌아왔던
　경우들이 문득 생각났다. 그들은 돌아와서….

2015. 1. 24.

어제 강연자와 토론자 관계로 만난, 푸단대학의 갈 선생은 나이보다 기상이 매우 젊어 보였다. 저녁을 먹다가 건강 비결을 물으니 대답하기를, 사실 소화기와 호흡기가 성한 데가 별로 없으며, 알레르기 때문에 술이나 고기를 먹지 못하며, 통풍을 앓고 있고, 한쪽 눈은 실명 상태라고. 그러나 그는 그 연배의 한국 학자들보다 훨씬 기운차고 열린 기상을 품고 있으며, 자식도 없이, 공부에 매진하는 듯 보였다. 그리고 그는 문혁 기간에 먀오족 거주지로 하방下放되어 노동하고 살던 시절을 회고했으며, 천안문사건 때는 머리 위로 지나가는 총소리를 들었으며, 무서웠다고 말했다.

2012. 11. 24.

＼ 책의 두께는 부차적이다. 과연 그 연구가 질문을 가지고 있기나 한지, 혹은 제대로 된 질문을 던지고 있는지를 살펴야 한다. 자신이 속한 분야에서 던져야 할 중요한 질문이 있는데, 연구자들은 현재 어떤 질문을 던지고 있는지. 혹은 질문을 만들기나 하는지.

2014. 8. 14.

＼ 어제는 함께 학회에 참가한 직장 동료와 독일 뤼데스하임에서 케이블카를 탔다. 게르마니아 동상까지 허공에 둥실둥실 떠가는 그 2인승 케이블카 안에서 그가 갑자기 내게 고백하듯 말했다. "사실 오래전부터 말해주고 싶었어…. 당신 정말 전도연 닮았어."

2019. 7. 21.

수업 시간에 불교에 대해 잠시 이야기할 일이 있어서, 학생들에게 인생이 고해苦海라고 생각하는 사람은 손 들어보라고 했다.

인생이 고해가 아니라고 생각하는 학생들에게는 영화 〈클레멘타인〉(2004)을 권했다. "그 영화를 보면 생각이 달라질걸."

인생이 고해라고 생각하는 학생에게 물었다.

"왜 인생이 고해라고 생각하죠?"

"어떻게 고해가 아니라고 생각하는지 도저히 이해할 수 없어요, 도저히…"

"왜 그렇게 생각하느냐고요?"

"도저히, 도저히, 도저히."

"왜냐니까?"

"도저히, 도저히, 도저히, 도저히…"

2011. 3. 16.

＼　　경청은 중요하다. 이 경청에는 자신에 대한 경청도 포
　　　함된다.

＼　　언제 로봇은 인간처럼 되는가. 사리가 생길 때 된다. 언
　　　젠가 로봇에게도 스트레스로 사리가 생기면 드디어 특
　　　이점이 온 것이다.

바빴던 한 학기를 마무리하고 맞은 첫 주말. 학교에 나와 샌드위치를 먹고 커피를 마신 후, 비 오는 창밖을 무연히 바라보며 이를 닦았다. 쏴아⋯. 시원하게 비가 오는구나⋯. 그때 뒤에서 누군가 똥을 누고 변기 물을 내리는 소리가 들렸다. 쏴아⋯. 이른 장마가 시작되었다.

2009. 6. 20.

"이런 데 꼭 빠지지 않고 등장하는 쿠엔틴 타란티노가 인터뷰로 나와 장광설을 펴는 것도 흥미롭다. 영화 보는 기계가 아닌가 싶을 정도로 특정 영화의 장면을 언급하며 어린애처럼 좋아했다. 이를테면 어떤 영화의 과도한 신체 훼손 장면을 묘사하면서 '그 정도까지 나갈 줄 누가 알았겠어요'라고 흥분하면서 외치는 것이다." 이 대목에서 카를 슈미트를 떠올렸다. 공동체의 궁극적이며 벌거벗은 토대에까지 사유를 진행하는 것은 과도한 신체body politic 훼손과 다를 바 없다.

2009. 8. 3.

﹨　이른바 최연소 박사를 성취로 간주한달지, 잡지의 편
　　집진을 더 젊은 세대로 바꾸는 걸 성취로 간주한달지,
　　정치판에 더 젊은 사람을 수혈하는 걸 성취로 간주한
　　달지….
　　이 모든 논의에는 정작 중요한 질문이 빠져 있다.
　　그에게 과연 적합한 능력이 있는가.

2015. 12. 11.

﹨　정규 수업 듣기가 끝나고 다들 부랴부랴 논문 쓰기에
　　들어갔을 때, 정규 수업을 더 듣기로 마음먹고, 여기저
　　기 수업을 찾아다녔다. 귀국해서 너나없이 배운 것을
　　시장에 내어놓기 시작했을 때, 더 공부하기로 마음먹
　　었고, 이제 10년이 지났다. 그리고 오늘 아침 배창호 감
　　독의 투신 소식을 들었다. 책을 잠시 덮는다.

2015. 6. 1.

가끔 언론에 등장하는 교수의 학생 착취 기사를 보면,
지난 5월 유럽 출장 중에 받은 이메일이 생각난다. 학
술회의 일정을 끝내고 숙소로 돌아와 컴퓨터를 켜니,
서울의 학생이 보낸 이메일이 도착해 있었다. 메시지
인즉슨, "선생님 돌아오실 때 선물 사 오세요" 아닌가.

2011. 9. 1.

남의 글을 비판할 때 자신의 편견과 무식을 광고하지
않도록 유의해야 한다. 남들을 근거 없이 욕하는 경우
를 보면 데게 근거 없는 자기 자랑인 경우가 많다. 합창
하듯 자신의 무식을 뽐낸다. 내가 이래 봬도 얼마나 무
식한데!

﹨　　투쟁은 가진 것을 잃으며 하는 법이다. 대머리나 승려
　　　는 삭발투쟁 할 수 없다. 삭발투쟁 하고 싶은 사람은 평
　　　소에 두발 관리를 잘해야 한다.

﹨　　사상을 이데올로기로 환원하지 않을 때, 사상을 실천
　　　을 위한 지침으로 환원하지 않을 때, 사상을 교육으로
　　　환원하지 않을 때, 사상을 이념으로 환원하지 않을 때,
　　　사상을 사상으로 보게 된다. 사상을 사상으로 본다고
　　　해서, 사상이 이데올로기나 실천 지침이나 교육이나
　　　이념 등과 무관해지는 것은 아니다.

2008. 8. 8.

＼ 자멸하려고 최선을 다하는 존재를 돕기는 어렵다.

＼ 사람들이 꼰대를 미워하지만, 진정한 꼰대는 이미 멸종하고 없다. 그 누구도 우렁차게 "원인 미상의 멍청함에 시달리는 제군들!"이라고 연설을 시작하지 않는다.

가 벼 운 _ 고 백

H 선생님과의 수다

H 선생님과의 수다는 즐겁다. 학부부터 박사, 교수에 이르기까지 도쿄대학을 떠나지 않은 이 60대 선생님의 영어 실력에 대한 실마리를 오늘 찾았다. 도쿄대학 법학부에서는 소장少壯 교수들에게 월급을 그대로 주되 아무런 의무를 부과하지 않고, 해외에서 2년 동안 연구를 하게끔 해준다고 한다. 그래서 그는 30년 전쯤, 서양을 알기 위해 떠나는 후쿠자와 유키치처럼 미국으로 떠났던 것이다.

2009. 11. 3.

오늘 정치학자 마루야마 마사오에 대해 들은 이야기들. 그는 만나서 헤어질 때까지 쉴 새 없이 이야기했고, 자신의 견해를 바꾸는 경우는 거의 없었으며, 물건을 버리지 못해 다 모아두었으며, 수면제를 과다 복용했으며, 그의 아들 하나는 자살했다. 그리고 문학부를 깔보았다.

2010. 7. 10.

﹨ 공동체를 이루는 데 있어서 계약보다, 혹은 교환 관계
보다 중요한 것은 상호 돌봄의 관계가 아닐까. 어떻게
하면 일상에서 돌봄을 잘 받을 수 있는가. 각자의 방식
대로 귀여워야 한다.

﹨ 대학 시절에는 공부, 운동, 연애만 하는 게 좋다고 한
다. 대개 그중 두 가지는 반드시 선생이 필요하다.

2015. 6. 30.

"감시자를 누가 감시할 건가?" 서평집을 누가 서평할 건가? 집사의 집사는 누구인가? 케어하는 사람은 누가 케어하는가? 의자는 어디에 앉는가? 집사의 집사는 누구인가? 리뷰어를 누가 리뷰하는가? 상담사는 누구와 상담하는가? 훈수꾼에게는 누가 훈수하나? 거짓말탐지기의 거짓말은 누가 탐지하는가? 로봇청소기는 어느 로봇이 청소하는가? 가스총은 누가 가스라이팅하는가? 고해소는 어디서 고해하는가? 괴롭히는 사람은 누가 괴롭힐 것인가? 기생충에는 누가 기생하는가? 전시장은 어디서 전시되는가? 우렁이각시의 각시는 누구인가? 개미핥기를 누가 핥을 것인가?

그저께 Y가 술을 마시다가 말했다. 세상은 승냥이 떼와 양 떼로 나눌 수 있다고.

그렇지 않다. 세상은 승냥이, 양 그리고 '빡친' 양으로 나눌 수 있다.

빡친 양들이 세상을 바꾼다.

2013. 3. 23.

월드컵 스웨덴 대 한국전. 한국 팀이 일방적으로 밀렸다. 아나운서가 탄식하듯 말했다. 경기 내내 유효슈팅이 전무했다고. 해설자가 위로하듯 말했다. "우리 선수들이 믿음을 가질 필요가 있어요." 인문학적(?) 축구 해설이다.

2018. 6. 18.

` 　 어려운 말을 하면 사람들은 화를 내지.

2013. 3. 23.

` 　 나무늘보는 학술 연구 따위는 안중에도 없고 심지어
먹는 것조차도 매우 귀찮아하는데, 똥을 눌 때는 눈을
지그시 감고 웃으며 행복해한다고 한다. 잠시 책에서
눈을 떼고, 나무늘보의 덕에 대해서 생각해본다.

2015. 8. 9.

＼　　새벽에 받는 부고는, 인류의 분류법을 생각해보게 한다. 죽은 사람과 죽어가는 사람과 살고 있는 사람과 죽고 싶은 사람과 죽고 싶은 정도는 아니지만 딱히 살고 싶지도 않은 사람과 너무나 살고 싶은 사람과 태어나고 있는 사람과 태어날 사람과….

2014. 3. 27.

＼　　부고든 퇴임식이든, 그 사람이 맡아온 직책을 단순히 열거하는 것이 그 인생의 요약이 되어서는 안 된다. 그는 이번 생에서 무슨 꿈을 꾸었는지, 이렇게 좌절했는지, 그럼에도 불구하고 어떻게 다시 일어섰는지를 말해주어야 한다.

＼ 예전에 한국에 온 외국인들이 남긴 기록을 살펴보면, 한국은 샤머니즘이 강한 나라라고 묘사되어 있다. 그리고 지난 100년간 산업화와 민주화를 이루었고, 그 결과 자본주의 사회에 살면서 직선제를 시행한다. 이 모든 것은 샤머니즘과 공존 가능하다.

2016. 10. 25.

＼ 이제 시국선언 같은 거 할 때, 메타적 관점을 가져볼 때도 되지 않았나. 시국선언에 대한 시국선언이 필요하다.

2015. 1. 26.

＼　　한국에서 직장 생활을 한 지도 10년이 넘었는데, 술 문화와 골프 문화는 결국 적응이 안 된다. 그들이 보기엔, 내 삶은 승려와 같은 삶.

2016. 10. 12.

＼　　일주일 후, 4월 29일 10시 여대 채플에서 강연하기로. 가서 앉아 있기만 할 뿐 결코 귀 기울이지 않겠다는 결연한 의지를 가진 2,000명 학생이 모인다는데….
한 명이라도 귀 기울이면 실망할 것 같다. 마치 서울대 야구부가 수백 번의 연패 끝에 1승을 거두었을 때처럼.

2019. 4. 22.

` 립서비스…. 누가 립서비스 운운하면, 영어의 본래 뜻
보다는 뽀뽀한다는 뜻으로 들린다.

립서비스하다=뽀뽀하다….

그건 립서비스에 불과해=그건 뽀뽀에 불과해….

정치인의 립서비스=정치인의 뽀뽀….

2007. 5. 3.

` 인터넷에서 이런 문장을 읽었다. "남자를 시험해보고
싶으면 아주아주 잘해주면 됩니다. 그릇이 큰 자는 감
사할 줄 알고, 병신 새끼는 가면을 벗기 시작하지요."
'남자'란에 학생, 선생, 친구, 동료 등 다양한 항목을 넣
어보자.

2015. 2. 16.

﹨　　　좋은 게 좋은 거라는 태도는 이제 그만 보고 싶다.

2018. 6. 9.

﹨　　　학생들과 소풍을 다녀왔다.

티모시 샬라메에게 모성애를 느끼는데 동갑이어서 어

쩌면 좋냐고 한탄하는 A.

어쩌면 좋긴 뭐가 어쩌면 좋냐고 되묻는 B.

티모시가 집안일에는 서툴 거라고 흠잡는 C.

그걸 보고 웃기만 하는 D.

그리고 무심한 가을 하늘.

2019. 10. 19.

스승의 날 단상

스승의 날이라니, 말도 안 돼.

2007. 5. 15.

내일이 스승의 날… 그럼 다른 날들은 스승의 날이 아니라는 말이잖아?

2008. 5. 14.

스승의 날에 대한 정치적(?) 해석. 5월 15일을 스승의 날로 제정한 것은, 나머지 364일을 스승의 날이 아닌 걸로 만들려는 음모가 아닐까?

2009. 5. 15.

대망의(?) 스승의 날을 맞아, 나는 라면이나 먹으러 가야겠다.

2010. 5. 15.

스승의 날을 싫어하는 선생들이여, 단결하라!

2012. 5. 13.

5월 15일, 1년 중 낮잠을 자거나 만화책을 보기 가장 좋은 날이 왔다.

2014. 5. 15.

5월 15일이 그래도 좋은 점이 있다면, 생존이 불확실했던 옛 학생이 느닷없이 연락하는 경우가 생긴다는 것이다.

2015. 5. 15.

`   인문학 지원 요청 성명을 보며 생각했다. 수사학은 인
문학의 핵심이며, 예나 지금이나 수사학의 용도 중 하
나는 돈을 타내는 것이라고. 그러니 성명서에는 주장
만큼이나 수사학이 중요하다고.

2016. 3. 27.

`   수입 고기가 아닌 한우를 먹어달라는 캠페인성 TV 광
고는 말한다. "한우를 지켜주세요." 한우를 지키는 방법
으로, 한우를 도축해 먹으라고 권한다.

2008. 10. 11.

、 다들 강해지고 싶어 하지 않나. 강해지는 좋은 방법은 상대를 용서하는 것이다. 강해진 다음에 상대를 용서하는 게 아니라, 상대를 용서함으로써 강해진다.

이른바 '통 속의 뇌brain in a vat' 사고실험이 있다. 그 내용을 요약하면 대략 다음과 같다. 인간의 뇌를 몸에서 분리해서 통에다 넣고, 슈퍼컴퓨터가 뇌에게 평소 받는 것과 같은 전자신호를 보내면, 그 뇌는 실제로 대상과 접촉하지 않고도 접촉한다고 생각할 것이다. 그래서 통 속의 뇌는 자기가 진짜 인간인지 통 속에 담긴 뇌인지 확신할 수 없다. 이를 통해 볼 때, 인간은 외부 세계에 대해 믿고 있는 모든 것이 거짓인지 여부를 알 수가 없다.

자기 확신이 지나친 사람은 약간 다른 사고실험이 필요하다. '내 뇌가 두개골 속 곱창에 불과하다면? 아는 척만 할 뿐, 대가리가 텅 비었다면?'

2018. 4. 18.

＼ 학생이 공부를 안 하는 것은 초식동물이 풀을 안 먹는 것과 같다. 육식동물이 고기를 안 먹는 것과 같다.

2009. 3. 7.

＼ 9월의 대화.

학생: 이번에 열릴 제2차 남북정상회담 운영 보조 요원에 지원했는데 운 좋게 선발되어 2007년 10월 1일부터 4일까지 행사를 보조합니다. 그래서 ○○월 ○○일에 있을 수업에 피치 못할 사정으로 불참하게 되어….

신생: 수업이 중요한가, 정상회담이 중요한가?

2007. 9. 19.

＼　　최고의 사치는 비싼 밥 먹으며 헛소리하는 거다. 그 사치를 누리려면 평소에 열심히 일하고 조리 있는 말을 많이 해두어야 한다.

＼　　이제 캐나다에서 일정을 마치고 귀국한다. 만나기로 한 모든 사람을 만났으며, 가보기로 한 곳을 모두 가보았다. 영국 컬럼비아대학에서의 일정이나 주말을 활용해서 가본 로키산맥도 좋았지만, 학생들과 더불어 각자 맡은 일을 성실히 수행해, 쉽게 하기 어려운 일을 마침내 완수한 데서 오는 충족감이 더 컸다. 부분이 자발적으로 만나, 보다 큰 전체를 이루는 체험이 중요하다.

2018. 10. 30.

＼ 자식에게 공부하라고 다그쳐서는 안 된다. 자기가 공부를 즐기는 모습을 보여주면 된다.

＼ 소를 잃고 나면
 소 잃고 외양간 고치는 사람이 있고
 '소 잃은 외양간'이라는 간판을 붙이고 관광지로 만드는 사람이 있다.

＼　　진통제의 발명에 대해 생각한다. 고통의 뿌리를 없앨
것인가. 진통제를 구할 것인가.

＼　　햄버거에서 패티만큼이나 빵이 중요하듯, 만두에서 만
두소만큼이나 만두피가 중요하듯, 붕어빵에서 단팥만
큼이나 붕어빵피가 중요하듯, 피자에서 토핑만큼이나
도우가 중요하듯, 논문에서는 본문만큼이나 서론과 결
론이 중요하다.

'   졸업생들의 부탁은 거절하기 어려운 경우가 많다. H군을 위해 다음과 같은 추천사를 썼다.

《외롭지 않을 권리》를 쓴 황두영 작가는 예전에 내 수업을 들은 학생이었다. 종강 후 파스타를 사주었더니, 흘리지 않고 맛있게 먹던 그의 모습이 지금도 생생하다. 파스타를 다 먹은 그는 기운을 내어 졸업을 했고, 이후 국회의원 보좌관으로 제법 긴 시간 활동했다. 그 기간 동안 황두영 작가가 특히 집중해서 탐구한 주제가 바로 생활동반자법이다. 이제 그 탐구의 결실이 이 책을 펴내면서 황두영 작가는 옛날에 파스타를 사주었던 선생에게 추천사를 부탁했다.

왜 하필 나였을까? 내 직장에는 나보다 멀쩡한 선생들도 많을뿐더러, 이 책의 주제인 생활동반자법에 대해 나는 충분히 알지도 못한다. 고가의 파스타를 사준 인연 때문이라면, 이러한 부탁은 거절해야 마땅하지 않을까. 이런 생각이 스쳐 지나갔지만, 나는 결국 이 책의 추천사를 쓰기로 결심했다.

지난 10여 년간, 한국 사회에는 가족, 젠더, 번식 등 제반 영역에서 광범위한 변화가 일어났다. 그 변화는 크고 깊은 것이어서, 새로운 삶의 조건에 발맞추어 스스로를 다시 계몽하지 않으면, 사회든 개인이든 자멸의 길에 들어설 것으로 예상한다. 나 역시 이제는 한심해 보이는 과거의 나 자신으로부터 멀어지고 싶다. 이렇게 멍청하게 늙어 죽을 수는 없다. 낡은 인식에 얽매이지 않고, 삶에 지대한 영향을 미치는 조건의 변화를 따라잡고 싶다. 가족, 젠더, 번식에 대한 내 생각을 더 갱신하고 싶다. 그러기 위해 더 배우고 싶다. 그러한 현재의 나에게 이 책을 추천한다.

2020. 1.

` “대체로 인간은 개보다 유식한 상태로 죽는다.”

이번 신간 별책 부록에 나오는 문장.

이 문장이 새겨진 굿즈를 만들고 싶은데, 출판사에서 받아들이지 않겠지.

아주 화려하거나 단아한 굿즈에 써넣는 거다. 필요하다면 직접 쓸 수도 있다. 대체로 인간은 개보다 유식한 상태로 죽는다고.

2021. 11. 16.

` 주사위가 기억력이 생기자, 주사위는 사표를 냈다. 더 이상 공정하게 일을 할 자신이 없어요.

ⵏ   신체의 비유는 힘이 세다.

우동 사리는 우동의 뇌다.

설사는 창자의 오열이다.

ⵏ   TV나 유튜브에 나가지 않고, 사진도 잘 찍지 않다 보
니, 얼굴을 궁금해하는 사람들이 가끔 있다. 이번 북토
크에서도 작은 위기가 있었다.

마스크를 쓰고 강연했더니, 질문 시간에 청중 한 분이
애타게 조르더라. 하관도 보여달라고. 그래서 물 마시
는 척하고 벗었다.

조른 사람도 벗은 사람도 중년 남성이었다.

2022. 9. 3.

＼　　　탈부착식 양심과 휴대용 광기를 품고 다니는 사람을
　　　주의해야 한다.

＼　　　사람은 인정 욕구 때문에 돌아버릴 수 있다. 누군가 갑
　　　자기 지나치게 '지랄'을 한다면, 인정 욕구 버튼이 눌렸
　　　을 가능성이 높다.

선생님과의 대화

2009년 새해 인사를 하러 가서 선생님에게 들은 말들.
"공부한다는 것은 일상생활을 하지 않겠다는 말과 통하네. 그런데 사람은 일상생활을 하지 않을 수 없기에 곧 딜레마에 빠지지."
"(이런저런 외적 요구와 잡일 때문에 평생) 내 일을 (하나도?) 못 했네. 정말 쓸 책 못 쓰고…."

2009.

폭우를 뚫고 선생님 내외와 '모뜨'에서 점심을 먹었다. 일본에서 돌아온 후 처음 뵙는 것이어서, 마치 밀린 숙제를 하는 기분이었다. 두 분 모두 여전히 통찰력이 있으셨으며, 죽음과 같은 사안에 대해서는 이미 마음의 답을 준비해놓으신 듯했다. 그럼에도 불구하고 여전히 이 세계에 계셨다. 최근 유기견을 거두시느라고 바쁘신 두 분께 추석 연휴에 보시라고 DVD 두 편을 드렸다. 선생님께서는 꽃이 그려진 그릇을 선물로 주셨는데, 거기에 무엇을 담아야 할는지.

2010. 9. 21.

선생님 댁에 다녀왔다. 높은 천장, 추운 실내, 오래된 책, 야윈 고양이, 흐르지 않거나 혹은 너무 흘러버린 시간들.

2013. 1. 4.

﹨ 새 자료가 출간됐다길래, 서울책방에 들렀다가 가산
탕진하고 돌아오는 길이다. 정신없이 이것저것 자료를
주워 담고 있는데, 직원이 웃길래 정신이 돌아와서 그
만두었다. …무서운 곳이다….

2018. 7. 31.

﹨ 어젯밤 북토크가 끝나고, 정처 없이 걸어서 귀가했다.
내 책의 독자층에 대해 좀 더 알게 된 저녁이었다.
아름다운 여성이 (나보다 젊은 사람들이 주 독자인가?) 다
소곳이 책을 내밀며 말하길,
"저희 시어머님이 사인 받아 오랬어요." (아니구나!)

2021. 3. 24.

＼ 식욕부진에 시달리는 사람이 맛없는 음식 먹는 방법이
있다. 먹기 전에, "악법도 법이다!"라고 외치면 어지간
한 음식은 다 먹을 만하다고 느껴진다. 법조인과 식사
할 때 시험해보기 바란다.

＼ 식인종의 세계에도 작가가 있을 것이다. 그는 당신의
쇄골을 문진으로 쓸 것이다.

﹨　　오늘 점심시간에 Y 선생과 이야기를 하던 중, 개강이

　　　　기다려진다고 했다가 아주 미친놈 취급을 받았다.

2009. 2. 23.

﹨　　학부 수업 개강일이다. 간디가 말했다지. "나무 한 그루

　　　　가 쓰러지면 큰 소리가 나지만, 자라나는 숲은 소리를

　　　　내지 않는다"라고. 나무 심으러 간다.

2016. 3. 8.

＼　　어디 혁명뿐이겠는가. 잔소리도 세상을 바꾼다.

2015. 5. 30.

3부

감각이

머문

곳

인간은 문화적 양서류다. 문화에 질리면 야생을 꿈꾸지만, 야생에서 오래 버틸 수는 없다. 다시 문화라는 물에 몸을 적셔야 한다.

＼　　도쿄의 메이지신궁을 보고 중얼거렸다. 인간은 얼마나 큰 위로가 필요한 존재인가.

2009. 11. 6.

＼　　방금 한파경보가 울렸는데, 경보를 통해 모르는 내용을 알게 된 적은 없다. 나를 놀라게 하는 건 경보의 내용보다는 경보 자체. 벨을 울리지 말고 다정하게 쓰다듬어주기를. 그 다정함에 놀랄 수 있도록.

2018. 1. 23.

、 살바도르 달리의 고향에 오니 달리가 달리 보였다. 초현
실주의자가 그린 것은 결국 자신의 현실일 뿐이다.

2017. 1. 15.

、 만다라케*에 가서, 천문학적   *
액수를 지불하고《슬램덩크》   일본의 중고 상점 체인.
일본어판 전권을 샀다. 다시 읽어보니, 눈에 들어오는
것은 그들이 보낸 그토록 농밀한 시간이었다.

2009. 10. 23.

ㆍ 미국의 작가 매릴린 로빈슨은 고교 시절 선생이 해준 이야기를 아직도 기억하고 있다. "마음은 평생 함께 살아야 할 대상이니 아름다워야 한다."

ㆍ 멸종 위기에 있다는, 사심 없는 다정함을 추구하도록 하겠다.

2017. 5. 24.

어젯밤 자기 전, 생일을 자축하는 차원에서 〈원더풀 라이프〉(1999)를 보았다. 천국으로 가기 전 잠시 거주하는 림보limbo에서 사람들은 자신들이 가장 행복했던 때의 기억을 떠올려야만 한다. 그런데 상당수의 사람이 그러한 기억을 찾는 데 애를 먹거나, 찾았을 경우도 그들이 평생 추구했던 과업과는 거리가 먼 사소한 어떤 것들이었다. 그리고 그 행복감은 무엇보다 '순간'에 깃드는 것이었다. 영화에 따르면, 그 사소한 순간에 맞닿는 찰나에야 비로소 영원으로 떠날 수 있다.

2010. 8. 10.

나쓰메 소세키가 영어 'I love you'의 번역으로 '나는 너를 사랑한다'보다 '달이 아름답네요'를 추천했다는 도시 전설이 있다. 어쨌거나, 서양어를 처음 번역해야 했을 동아시아 지식인들의 고투에는 낭만적 요소가 있다. 내가 그 시절에 살았다면, 더치페이를 각자도생이라고 번역했을 거 같다.

、　부조리한 날의 연속이다. 가마쿠라의 메이게쓰인에 갔더니, 너무나 아름다워 성불에 장애가 될 것 같은 수국이 한가득 피어 있었다. 도쿄에 돌아와서 탄 전철에서는 내 앞에 선 중년 남자가 가방에서 술을 꺼내더니 선 채로 혼자 마시기 시작했다. 이 모든 것에서 깨어나면, 그때가 죽음인 걸까.

2010. 7. 2.

、　여름이 되면 난 출국할 것이고, 어느 낯선 도시에서 빨래가 끝나기를 조용히 기다리겠지.

그 시간은 컵라면에 물 부어놓고 얌전히 기다리는 시간만큼이나 평화롭다. 낯선 곳에서 빨래를 기다리는 시간이 주는 평화를 사랑한다.

2022. 4. 21.

함부르크의 미술공예박물관에서 본 메멘토 모리 memento mori. 죽음과 실랑이를 벌이는 인간을 묘사한 〈타락, 죽음 그리고 부활에 대한 우화Allegorie von Sündenfall, Tod und Auferstehung〉를 보았다. 그리고 '삶과 죽음의 역십자꺾기'라고 내 나름대로 이름을 붙였다. 그런데 죽음이 닥치기 전에 우리는 대개 우리 자신과 이미 역십자꺾기를 하고 있지 않나. 죽음은 마치 태그매치 하는 레슬러처럼 다가와서 말한다. "이젠 내 차례야."

2017. 7. 30.

＼　　나무에 머리를 기대고 잠시 혼자 있으면 좋기도 하고
　　　슬프기도 하던데.

2020. 6. 12.

＼　　학생들과 런던에 다녀왔다. 돌이켜보면, 비를 맞으며
　　　템스강 변을 뛰었던 그 순간이 좋았다. 비는 내리고 있
　　　었지만 춥지는 않았고, 혼자도 아니었으며, 뛸 기운이
　　　있었으니까. 그리고 마침내 테이트모던미술관에 도착
　　　하면, 이제는 과거가 된 빗속을, 창 너머로 바라볼 수
　　　있음을 알았으니까. 테이트모던미술관의 머핀과 차는
　　　아주 맛있다는 것을 기억하고 있었으니까.

2015. 4. 19.

코로나19 시대에 구미에서 열린 북토크에 다녀왔다. 여러 명의 부상자를 낸 열차 탈선 사고를 넘어 어렵게 도착한 구미 삼일문고. 멀리 청송에서 두 딸과 함께 온 분뿐 아니라 진지한 구미 및 대구 청중. 그들과 웃고 웃으며 이야기를 나눈 후, KTX 열차 운행 정지로 인해 가까스로 잡아탄 새마을호. 평소보다 1.5배의 요금을 내고 열차표 구입을 마친 후, 현장 사진을 보니 마음이 다시 뭉클해지네. 코로나19 시대의 북토크에는 뭔가 간절한 어떤 것이 모인 사람들을 끝내 전염시키고, 결 국 미유의 종 어딘가를 치는 듯, 열차 창밖은 대체로 어둡지만 간혹 빛들이 빠르게 지나간다.

2022. 1. 5.

〈라이프 오브 파이〉(2012)는 신에 대한 이야기이기도 하지만, 어떻게 그 오랜 표류 기간을 견뎌 살아남았는가 하는 이야기이기도 하다. 살아남을 수 있었던 이유는 뗏목에 호랑이와 함께 탔기 때문이다. 호랑이 때문에 긴장을 늦출 수 없었고, 그 긴장이 그를 강하게 만들었고, 그 강함이 그로 하여금 대양을 건너게 했다. 현재 당신이 표류 중이라면, 당신의 호랑이는 누구인가.

2013. 1. 27.

ﻉ　평소에 개그우먼들을 흠모해왔는데, 같은 건물에 이름
만 대면 누구나 알 만한 개그우먼이 살고 있음을 알게
되었다. 엘리베이터에서 마주치면 반드시 그녀를 웃겨
보겠다.

2016. 10. 7.

ﻉ　정말 예언이 이루어지듯, 그 개그우먼을 지하 주차장
에서 마주쳤다.
너무 우울해 보여서, 웃겨볼 엄두를 내지 못했다.

2016. 10. 8.

수업 첫 시간에 종종 〈스티브 지소와의 해저 생활〉(2004)
이라는 영화를 이야기하곤 한다. 자기 친구를 잡아먹은
'재규어 상어'를 잡아 복수하려는 선장 이야기다. 천신
만고 끝에 그 상어를 발견했으나 선장은 상어를 죽이
지 않고 용서하고 만다. 왜냐? 그 상어가 너무 아름다웠
으므로. 나는 상어처럼 많은 과제로 학생 여러분을 괴
롭히겠지만 여러분은 그를 통해 성장할 것이고, 그 성
장이 너무 아름다워 마침내 선생인 나를 용서할 거라고
말한다.

시간은 흐르고 오늘은 여름 졸업식이 있었다. 격려사
에서 학부장님 왈, "학교는 어항처럼 보호받는 장소인
데 비해, 저 바깥세상에는 상어가 득실거리니, 이제 세
상으로 나가는 여러분들은 정신 차려야 합니다…"

졸업식이 끝난 후, 졸업하는 학생 둘에게 문자를 보냈
다. "졸업 축하. 상어 조심하고…" 그러자 다음과 같은
답글 문자가 도착했다.

학생 A: 감사합니다.

학생 B: 선생님이 상어예요.

2011. 8. 29.

ˋ　여행이란 세상 끝까지 가보고 싶다는 마음과, 어디에
도 가고 싶지 않은 마음이 낳은 자식이다.

ˋ　미얀마에 다녀왔다. 그곳 사람들(중 일부)은 이번 생이
망했으면 다음 생을 기다려보고, 이번 생의 문제는 지
난 생의 업보라고 생각하는 듯했다. 그리고 거기에서
어떤 품위가 발생하는 것 같았다.

2014. 2. 25.

뭔가를 읽었다고 해서 자신이 무엇을 읽었는지 꼭 알겠는가. 뭔가를 보았다고 해서 자신이 무엇을 보았는지 꼭 알겠는가. 뭔가를 들었다고 해서 자신이 무엇을 들었는지 꼭 알겠는가. 자기 손으로 뭔가를 만들었다고 자신이 무엇을 만들었는지 꼭 알겠는가. 자신이 만들고 읽고 보고 들은 것에 대한 나름의 이해가 명징하다고 해서, 그 대상의 의미가 다 포착되는 것도 아니다. 대상의 의미는 늘 창작자와 경험자의 마음을 초과한다. 그래서 평론이 필요하다.

평론은 비평하는 작품을 매개로 해서 성립하는 글이지만, 그 자체로 독립적 작품이기도 하다. 지시하고 비평하는 작품이 무엇이든, 평론은 그 자체로 읽을 만해야 한다. 그 자체에 내장된 동력과 리듬과 통찰과 지성과 정념과 아름다움과 감수성과 '미친 맛'으로, 읽을 만해야 한다. 그리하여 글쓴이 마음의 서랍에서 벗어나 결국 관심 있는 사람들에게 두루 읽히는 하나의 작품이 되어야 한다.

＼　　왜 과일은 썩기 직전에 가장 달콤한가. 달콤한 것은 왜 다 썩기 직전의 상태인가.

＼　　아이러니는 우리 인지능력에 대한 겸손의 표현이다. 그런 면에서 예술은 겸손의 영역이다.

만화 단상

종강했다. 앞으로 일주일간 만화를 보며 약간의 위로
를 구할 것이다.

2011. 6. 18.

개강해 바빠지니 멀미만 나고 만화책 읽을 시간이 없
다. 삶의 목적과 수단이 전도된 것 같다.

2017. 9. 7.

이것이 나의 산책 예찬이다. "사람마다 다양한 재능이 있다. 혹자는 살아남는 데 일가견이 있고, 혹자는 사는 척하는 데 일가견이 있고, 혹자는 사는 데 일가견이 있다. 잘 사는 사람은 허무를 다스리며 산책하는 사람이 아닐까. 그런 삶을 원한다. 산책보다 더 나은 게 있는 삶은 사양하겠다. 산책은 다름 아닌 존재의 휴가이니까."[*]

[*] 김영민, 《인생의 허무를 어떻게 할 것인가》, 사회평론, 2022, 293쪽.

진정한 여행은 여행 전의 기대와 여행 후의 기억에 있
듯 진정한 삶은 살기 전의 꿈과 살고 난 후의 기억에 있
다. 그래서 마르셀 프루스트는 쓴 것이다, 《잃어버린
시간을 찾아서》라는 걸작을.

여름 학기의 끝을 자축하며 영화 〈고지전〉(2011)을 보았다. 영화는 세간의 평가만큼 좋지는 않았지만, 김옥빈이 저격하고 나서 초콜릿을 먹으며 걸어가는 장면은 뇌리에 남았다. 좀 더 길게 천천히 보여주었으면 하는 장면이었다. 노화가 시작된 인생은 저격하는 일도, 초콜릿을 먹는 일도 아니다. 저격하고 초콜릿을 먹으며 걸어가는 일이다.

2011. 7. 31.

꽃밭을 바라보는 것보다 사막을 바라보는 것이 더 로
맨틱하다. 그것을 감각적으로 납득할 때 현대 예술 감
상이 시작된다.

기존 세계와는 너무 달라 많은 한국인이 읽을 것 같지는 않은 책. 미미하게 팔려나가다 결국 망각의 세계로 전락할지도 모르는 책. 앙투안 볼로딘의 《미미한 천사들》에 대하여 쓴다.

볼로딘의 표현을 빌리자면, 《미미한 천사들》은 세상의 근본적 추잡함에 대한 연설이다. 세상이 추잡할 수는 있는데, 하필 이곳의 세상은 실제로 추잡했다는 증언이다. 세상은 개들과 함께 살면서 개를 잡아먹는 지하실이며, 잡아먹기 위해 죽은 자들을 소생시키는 주술사의 고장이며, 통신명도 하지 않고 짝짓기를 하는 거리이며, 연봉 2달러를 주며 청소와 빨래를 시키는 졸부들의 저택이며, 임무를 수행하는 대신 예언이나 일삼는 권력자들의 난파선이다. 그러한 세상에 태어난다는 것은 "쾌적하게 무無를 연장하고 있던 잠재 상태를 떠나 죽음이 올 때까지 평생토록 끔찍하고 따분하게 계속되는 격동의 상태"*에 빠지는 일일 뿐. 그렇게 비존재를 박탈당하고 본의 아니게 이 세

*
앙투안 볼로딘, 《미미한 천사들》, 이충민 옮김, 워크룸 프레스, 2018, 83쪽.

상에 태어나고 만 이들은, 자신이 마주한 세상을 개조하는 기쁨마저 없다. 이들이 할 수 있는 것은 '아무것도' 없다. 할 수 있는 것이 더 이상 아무것도 남아 있지

않을 때, 할 수 있는 것이 전락轉落이다. 《미미한 천사들》은 그 전락에 대해서 기록한다. 어떤 천사들은 너무도 미미한 나머지 전락을 드러내는 것 말고는 존중받지 못한다.

볼로딘은 그리하여 쓴다. 호피 무늬 팬티스타킹에 대해서 쓴다. 처음 봤을 때는 피부병 같고 다시 봐야 장식임을 알 수 있다고. 그렇게 이 세상의 조악한 호피 무늬들은 전락한다. 간수들에 대해서 쓴다. 타자 친 자술서와 짧은 텍스트들밖에 읽어보지 않은 새끼들이라고. 그렇게 자신의 조악한 문해력에 맞춰 세상에 진부한 규범을 강요하던 사람들은 전락한다. 까마귀에 대해서 쓴다. "7일간 높은 나뭇가지를 떠나지 않았으며 돌이킬 수 없는 현실을 받아들이고는 날개도 펼치지 않고 땅으로 돌진해 박살 난 까마귀 '고르가'가 잠들다"*라고. 그렇게 안전을 위해 낮게 날고 있는 모든 비행체는 까마귀보다 검게 전락한다. 친구에 대해서 쓴다. "농담을 자주 했어. 끔찍한 일을 같이 겪는 동무로는 훌륭했지."** 그리하여 세상의 모든 지루한 친구들은 진부한 진담처럼 전락한다.

*
같은 책, 35쪽.

**
같은 책, 49쪽.

볼로딘이 하는 이야기들은 다 이상하다. 그러나 "이상

함은 아름다움이 가망이 없을 때 취하는 형태"*다. 따라서 또 한 해가 밝으면, 익숙한 언어의 "밀실에 틀어박힌 겁 많은 쥐새끼"** 이기를 멈추고, 시간의 철로 위에 누워 볼로딘이 몰고 오는 《미미한 천사들》이라는 기관차가 지나가기를 기다릴 것이다. 미미하기는 해도 아직 진부함의 아가리에 총알을 박아 넣을 힘 정도는 가진 천사들이 이곳을 지나갈 것이다. 이곳이라니? 손가락은 당신의 전두엽을 가리킨다.

*
같은 책, 76쪽.

**
같은 책, 34쪽.

2019. 1. 19.

＼ 베를린국립회화관에 다녀왔다. 예상대로 훌륭했고 몇 가지 수확이 있었다. 내 개인 컬렉션 중에는 바니타스 vanitas 회화류가 있는데, 그중 한줄기는 책을 소재로 한 바니타스 회화. 오늘 주목한 것은 아예 책을 해골 아가리에 쑤셔 넣는 종류의 것이다. 서점 장바구니를 클릭할 때마다 이 그림을 떠올릴 것이다.

2017. 7. 21.

＼ 큰 전시가 아닌, 오직 작은 전시만이 주는 평화가 있다.

2012. 2. 19.

＼   영화에 파괴적 카 체이스car chase 장면이 등장하는 것
은, 평소에 교통질서를 지키느라 고생했기 때문이다.

2009. 5. 31.

＼   어젯밤 바르셀로나에 대한 영화를 보고 스페인에 가고
싶어졌다. 얼마 전 본 영화에 따르면 너무나 아름다운
작품을 쓰고는, 세상에 복수하기 위해, 아무에게도 알
리지 않는다는 나라.

2010. 12. 5.

영화 단상

〈카페 뤼미에르〉(2003). 언더스테이트먼트understatement
로만 이루어진 세계.

2010. 2. 4.

〈문라이즈 킹덤〉(2012). 사랑스러운 빌 머레이. 그는 여
전히 웃기고 여전히 분노에 차 있다. 둘 중 하나만 했다
면 이처럼 사랑스럽지는 않았을 것이다.

2013. 2. 2.

〈그래비티〉(2013)에 장관이 있다면, 침착하게 자신의
생명 끈을 놓아버리는 조지 클루니의 선택이다. 매일
아침 마음의 훈련을 위해 죽음을 상상해온 세네카나
사무라이처럼, 그는 '놓는다'. "사실 속으로 날 좋아해
오지 않았어?" 장광설과 같은 그의 농담 혹은 진담은
그 놓아버림과 더불어 비로소 합당한 의미를 얻는다.

2013. 11. 7.

그들이 아직 유명해지기 전, 나는 홍상수의 〈돼지가 우
물에 빠진 날〉(1996), 오우삼의 〈영웅본색〉(1986)을 개

봉관에서 보았다. 김의성이 이응경의 발가락을 입에 넣는 장면이 지금도 기억나는데, 당시에는 예상치 못한 장면이었다.

2016. 6. 22.

〈컨택트〉(2016)에서 에이미 애덤스가 연기한 루이즈 뱅크스는 대단했다.
정말 중요한 순간에 두려움을 떨치고 보호구를 벗어버릴 수 있는 사람.
우린 더 너무 무기와 보호구를 닮고 사회로 나아가지 않나….

2017. 2. 9.

안노 히데아키의 핵심은 '진화', 고질라의 핵심은 거대한 것이 불을 뿜는다는 점. 시장에서 우럭을 사와 까맣게 태우면 고질라로 진화한다.

2017. 3. 17.

〈문라이트〉(2016)를 보고 왔다. 결국 위엄의 한 자락을 놓지 않는 이들의 연대기라고나 할까. 세상의 아주 소수만이 끝내 자신만의 작은 위엄을 지킨다.

2017. 3. 19.

시네마테크에서 상영하는 이마무라 쇼헤이의 〈복수는 나의 것〉(1979)을 다시 보았다.
전후 일본 영화에 깃든 기괴한 힘을 재차 확인했다.
양어장 호스를 앞에 두고 하는 대사 같은 것을 쓸 수 있는 각본가는 현재 동아시아에 없겠지. 그러니, 복수는 누구의 것인가.

2017. 9. 10.

〈패터슨〉(2016)은 좋았다. 삶 전체를 다루는 영화다. 처음 시와 마지막 시 그리고 월요일과 그다음 월요일을 다루고 있으므로.

2017. 12. 29.

전시를 보고 난 후에 〈굿타임〉(2017)을 보았다. 오, 서론과 본론과 결론을 잇는 이음새가 놀라운 영화였다. 훌륭한 논문과도 같은 영화였다. 삶이라는 이름의 미세

먼지를 주제로 한 훌륭한 논문과도 같은 영화였다. 그리고 오랜만에 만난 미친X 제니퍼 제이슨 리가 반가웠다. 그 립스틱 칠하는 모습은 일주일 동안 못 잊겠다.

2018. 1. 21.

늘 불화佛畫는 불상佛像보다 임팩트가 깊다. 불상들은 불화의 세계에서 쫓겨나 세속에 내던져진 것처럼 보인다. 응시를 통해 마음은 불화 안으로 걸어 들어간다.

2010. 10. 31.

＼   Believe it or not.

다들 페이스북에 자기 20대 사진 올리는구나. 대학 시절에 증명사진 박힌 학생증을 잃어버린 적이 있는데, 그것을 주운 여학생이 거기 적힌 전화번호로 내게 전화해서, 학생증 돌려줄 테니 만나자고 한 적이 있다. 물론, …무서워서 만나러 나가지 않았다.

2021. 8. 28.

＼   며칠 전 북토크에서 내가 위로받았던 순간. 누군가 사인을 신며서 "주으려고 했다가 이 책을 읽고 마음을 고쳐먹었어요"라고 짜내듯 말하고서 도망치듯 자리를 떴다. 그의 표정, 어투, 몸짓.

2018. 12. 25.

❜   옷이 구겨지면 삶이 구겨지는 거 같아.

그러나 잘 구긴 옷은 예술이 된다.

❜   전시장에 가서 방명록을 보면 자주 "흑표범"이란 이름이 적혀 있곤 했다. 하도 자주 봐서 기억에 남았다. 성은 '흑' 이름은 '표범'인가. 언젠가부터 그 이름이 적힌 방명록엔 나도 "백표범"이라고 적곤 했다. 성은 '백' 이름은 '표범'.

어제 전시장에도 흑표범이 다녀갔더라.

2024. 2. 29.

오늘 저녁 다케야* 앞의 서점에서, 만화 《플루토》 마지막 권을 발견하고 사서 집에 돌아

* 일본 도쿄에 있는 복합 쇼핑몰.

오는 길에 그대로 다 읽어버렸다. 이야기가 늘어지지 않고 이렇게 간명하게 마무리되니, 우라사와 나오키 스토리텔링의 그나마 있던 작은 단점마저도 사라지는 듯. 그리고 생각해보았다. 왜 제목이 '아톰'이나 '보라'가 아니라 '플루토'인지를. 정말, 현실 안에서, 증오를… 극복할 수 있을까.

— 2009. 9. 10.

↘ 　　장인은 도구 탓을 해도 도구는 장인 탓을 하지 않는다. 그래서 도구는 장인에게 없는 위엄이 있다.

↘ 　　완성된 것은 그 나름의 심미성을 띤다. 그래서 완벽한 천박함은 더 이상 천박하지 않다. 완벽한 멍청함도 더 이상 멍청하지 않다. 한국에서는 많은 이가 많은 일을 대충 한다. 대충 하기 위해 많은 노력을 기울인다. 그들이 언젠가 대충주의를 완성하길 바란다.

﹅   자유자재로 몸을 뒤틀며 흘러가는 구름 보면서 스탠드 업 코미디 대본 쓰기 좋은 날들이다.

2021. 8. 18.

﹅   큐비즘 아닌 파블로 피카소의 그림, 인물화가 아닌 구스타프 클림트의 풍경화, 근경이 아닌 오스카어 코코슈카의 원경 그림, 발레리나를 그리지 않은 에드가르 드가의 풍속화를 눈여겨볼 필요가 있다. 그 그림들을 봄으로써 피카소의 큐비즘, 클림트의 인물화, 코코슈카의 근경화, 드가의 발레리나가 공들인 선택임을 비로소 알 수 있다.

2019. 2. 15.

상하이에서 멘털을 잃고 나는 쓰네. 아직 해가 지기 전, 와이탄으로 가는 대로였지. 내가 탄 택시 운전사가 건널목 빨간불을 보고 차에서 갑자기 내리더군. 아무 말도 없이. 익숙한 생활의 예식을 집전하는 것처럼. 두세 차로를 지나 중앙분리대에 오른 그는 소변을 보기 시작했지. 파란불로 바뀌고도 한참 지속하는 긴 용변이었고, 그 긴 시간은 그가 오랜 시간 인내했다는 걸 말해주었지. 신호가 파란불로 바뀌자 뒤차들이 경적 한 번울리지 않고 내가 탄 택시를 우회해서 가더군. 앞으로 가며 나를 힐끗 보더군. 차도 한가운데 덩그러니 서 있는 차 뒷좌석에 홀로 남겨져 있자니 왠지 좀 쓸쓸하다는 생각이 들더군. 아마 가을이 오고 있기 때문이겠지. 이제 한두 시간 후면 9월이네. 잘 자요.

2019. 8. 31.

＼   어떤 기대도 없이 꽃을 보아야 하는 5월이 오네.

2014. 4. 25.

＼   어찌어찌해, 중학생 때 〈샘터〉에 글을 한 편 실은 적이
있다. 샘터사 구 사옥 1층, 지금 스타벅스 자리에 옛날
에는 '밀다원'이라는 카페가 있었고, 그곳에서 일하는
분 중에 쉬는 때면 앉아 책을 읽는 이가 있었다. 너무
아름다워 속으로 흠모했으나, 예나 지금이나 그 마음
을 잘 드러내지 못했다.

2019. 10. 21.

＼   좋은 투수는 스트라이크와 볼의 경계에 투구한다. 좋
은 예술가도 마찬가지다.

＼   신안 해저유물 고려청자 전시를 보았다. 고려 귀족들
이 추구한 세계를 보다 보니, '고려 시대에는 색골이 많
지 않았을까' 하는 혐의를 품게 되었다.

2011. 3. 24.

덥다. 그러나 계절의 선택을 존중한다. 덥다고 흐느껴 울어서는 안 된다.

2013. 8. 10.

로베르토 롱기의 평생 연구 주제를 테마로 한 자크마르앙드레박물관 전시회에 다녀왔다. 이런 전시야말로 미술사가에게 최상의 영예가 아닐까. 카라바조의 〈잠자는 큐피드Amorino Dormiente〉를 눈앞에서 보았는데, 수년 전 피렌체에서 볼 때와 느낌이 완전히 달랐다. 이 그림을 큐피드에 대한 재해석으로 보아온 기존 연구에 이의를 제기하고, 잠에 대한 재해석으로 보아야 한다는 취지의 글을 써보고자 하는 생각이 잠시 들었으나, 인생은 짧고 귀찮기 때문에 저녁 먹으러 갔다.

2015. 7. 17.

ヽ　과거를 추억하는 스가 아쓰코의 말년 에세이에는 파리에서 유학하다가 "서울대로 돌아간 김마리"에 대한 언급이 나온다. 누굴까. 아직 살아 계신다면, 찾아가 스가 아쓰코와 함께한 추억을 듣고 싶다.

2021. 1. 21.

ヽ　여성과 불교를 소재로 한 전시 포스터를 보았다. 전시 제목은 "진흙에 물들지 않는 연꽃처럼." 그 제목을 다른 각도에서 바라보는 것은 어떤가. '진흙에 물들지 않는 연꽃처럼'이 아니라 '연꽃에 물들지 않는 진흙처럼'. '진흙 속의 연꽃'에서 '진흙'을 맡은 이들을 생각한다.

2024. 3.

﹨ 다니구치 지로 선생님이 돌아가시다니⋯. 그의 작품 중
에서 증발에 대한 만화가 가장 인상적이었다. 이 지구
의 누군가는 아름다운 어떤 것 그리고 예상치 못한 부
음을 남긴다.

2017. 2. 12.

﹨ 좋은 일이 있을 때마다 훗날 이때를 그리워할 때가 있
으리라고 생각하는 버릇이 있다. 학생들이 도쿄에 왔
고, 오늘은 그들과 함께 에노시마, 가마쿠라를 다녀왔
다. 원김기가 예기치 못하게 좋았다. 훗날 이때를 그리
워할 때가 있으리라.

2010. 2. 8.

ˋ 이사하며 새삼 느낀 점은, 재밌지만 아직 소비하지 못
한 콘텐츠를 내가 잔뜩 쌓아놓고 있다는 사실이었다.
세상과 불화는 지속되고, 그 와중에 그것들을 즐겁게
소비할 것이다.

2016. 7. 6.

ˋ 남들이 잘 찾지 않는 아침 시간, 호젓한 미술관에 단둘
이 있는 순간, 그러나 각자의 목표에 집중하고 있는 순
간을 로맨틱하다고 생각한다. 미술관 2층에 올라가보
니 아침부터 도자기 파편을 연구하는 학자들이 모여
있어서, 나의 로맨틱 모멘트는 파편화되었다. 이것이
이번 여행에 미술관에 들렀던 내 기억의 파편이다.

2017. 9. 22.

＼　　　난 (어떤) 현대미술처럼 뻔뻔해지고 싶진 않아. 그래서
　　　오늘도 책을 좀 읽어야겠어.

2011. 9. 26.

＼　　　고대 문명지 여행을 하러 간다는 것은 대개, 막대한 물
　　　리적 자원을 들여서 만든, 그러나 일상에서는 거의 쓸
　　　모없는, 거대한 장관을 보러 간다는 것이다.

2014. 3. 25.

자주 꾸는 꿈에 대한 단상

10월 중순. 사나워 보이지만 사실은 외롭고 소심한 짐승을 안고 싶어지는 때.

2012. 10. 14.

종종 꾸는 꿈이 있다. 사나워 보이지만 사실은 외롭고 소심한 짐승이 달려오는 꿈.

2013. 12. 15.

`　손깍지 끼는 것, 인간이 할 수 있는 가장 야한 행동 중
　하나다.

2019. 2. 16.

`　육체적 폐활량만 중요한 것이 아니다. 정신적 폐활량
　도 그만큼 중요하다.

ⵑ　"아침에 일어났을 때, 감옥이나 병실에 있지 않으면 행복한 것이다"라는 어제 읽은 문장이 생각났다.

2017. 11. 9.

ⵑ　제2회 서울국제바흐페스티벌에 다녀왔다. 겨울이 다가올수록, 세상이 날뛸수록, 요한 제바스티안 바흐 음악이 가진 완결성은 빛나며, 냇 킹 콜의 목소리는 감미롭다. 피에르 앙타이의 연주가 진행되는 동안, 밖에서는 적군의 포격이 몰아치고, 예술의전당 챔버홀의 복도에서는 낯선 이들의 정사情事가 벌어지고 있다고 상상했다.

2007. 10. 27.

ˋ　　동물 다큐멘터리에서, 혹자는 도덕의 무가치함을 보
고, 혹자는 생명의 무가치함을 본다.

2016. 8. 28.

ˋ　　만우절이 끝나기 전에 중얼거려보는 말, 사랑.

2014. 4. 1.

ヽ 백허그와 업히는 것은 종이 한 장 차이다.

2012. 7. 5.

ヽ 프랑스식 행복을 제대로 경험하려면, 파리도 프로방스 도 아닌, 보르도 부근에 가서 사랑하는 사람과 함께 자 전거를 타야 한다고 들었다. 같이 갑시다.

2015. 7. 23.

기억에 남는 두 편의 영화 대사

"쓸데없는 소리 말고 맘을 비우고 인간을 사랑하도록 노력해라. 착한 여자다." 〈스위트 앤드 로다운Sweet and Lowdown〉(1999)의 대사.

"뺏기지 않겠다는 의지도, 뺏길지도 모른다는 두려움도 아닌 그의 무표정이 어떤 남자를 떠오르게 한다. 한없이 강하고 고요했던 남자를." 〈스틸 라이프〉(2006)의 대사.

2008. 12. 2.

＼　　　오랜만에 전시에 다녀왔다. 대가는 발상과 마무리에서
　　　차이가 난다.

2009. 5. 10.

＼　　　까칠하고 예민하고 내성적인 사람들이여, 단결하라.

2016. 2. 19.

바람이 심하게 부는 8월의 마지막 날 해 질 녘, 인적 없는 서강대교 인도를 걸어 한강을 건넜다. 강 중간을 지났을 때 건너편에서 젊은 여자 한 사람이 홀로 저벅저벅 걸어왔다. 우리는 말없이 지나쳤다. 그는 지금쯤 무얼 하고 있을까.

2016. 8. 31.

　　Q : 연말 선물 뭘 해줄까요?
　　A : 따뜻한 말 한마디.

2016. 11. 24.

＼　　교토대학의 F 선생님 서재에 다녀왔다. 은퇴에 즈음해

시라는 걸 평생 처음 지으셨다는데, 기억나는 대로 번

역해본 전문은 다음과 같다.

편의점에서 도시락을 사 와서 먹었네,

등나무 아래서.

2015. 5. 24.

방콕에서 놀란 점은 볼거리가 풍부한 방콕국립박물관에 놀라울 정도로 사람이 없다는 사실이었다. 시민도 관광객도. 평일 오전이어서 그랬을까.

그 덕분에 큰 전시실에서 집중해서 전시물을 보던 한 사람과 찰나의 눈인사를 할 수 있었다. 단정한 시선과 자태를 지닌 사람이었다. 삶의 귀한 사치.

당신은 내 인생에서 소중한 사람이었습니다. 앞으로 영영 다시 눈길이 스칠 일이 없겠지요. 이 지구에서 잘 살다 가기 바랍니다. 안녕히.

2021. 3.

가
벼
운

고
백

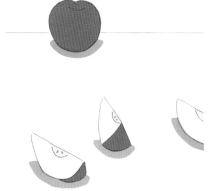